CONTENTS

鈴鳴らすひと

ふいにほのかに

CONTENTS

呼びかける声

CONTENTS

外は雨

聴こえない歌

鈴鳴らすひと

鈴鳴らすひと

雪の朝に

外の気配が、ちがった。目は閉じたまま、床の中で耳を澄ます。粉雪が降り積むときの、どこか遠い世に運ばれているような、無音でもなく、シャッ、シャッと家をとりまいている竹の葉の、吐息とでもいうような音色がかそかに聞こえてくる。

きっとあめゆきね。私はこの冬の降り積まない雪が、少しばかり気に入っている。起き上がって窓に目を凝らすと、案の定みぞれに近い雪が踏み石の上を濡らして行くのが見えた。朝食の支度を整えてから、新聞を取りに玄関の戸をガラッと開けると、簾越しにふうわりと軽い雪が斜めに落ちて行く。ぼたん雪よりも少し痩せて、みぞれより含みのある硬質な姿で。そんな雪の相が、一人の朝の心に染み通る。そのようにして始まってゆく、朝という時間の犯しがたさ。私はいつものようには音楽もかけず、しばらくそんな時間の音《ね》にたゆたっている。

冬や浅い春に雪が降る、とは誰との約束にも、ない。みぞれも雪も、降らないかもしれないのだ。もう、この地上では。

窓の外の淡雪を眺めていると、脈絡もなしに十歳の少女の指文字を憶い出す。憶い出して、なぞってみる。見えない文字の、見たあざやかな記憶。

「ね、お母さん、なんて書いたかわかる？」

母の背中にまわって、彼女はやや得意気に幼い指を当ててゆく。一文字二文字と書いて、三文字目の途中、掌でさっと拭って消す仕草をした。書いた瞬間から消え去っている文字の上を。それからちょっと考え、正確な文字を書き終えた。

「なんとそれが、あなたの名前なのでした。〈萠〉を〈萌〉と書いてしまって、急いで掌で消して書き直した子を、そんな夕焼けにいるような子を、私は思いきり抱きしめてやりました」

遠い地に住む知人からの手紙は、そんなふうに結ばれていた。会ったこともない少女の、温かい指先の、そのいとけない儚さを、私は今朝の雪のように切なく憶えているだろうと思う。

木のポスト

近所の、いつも通りかかる一軒の家の門扉の横に、木のポストがある。

それはいかにもその家の人が作ったと思われる素朴さで、脇から横へ差し入れる形もよく、木に塗られたごく淡いペンキの水色が大変美しい。道を歩いて行くと、遠目にはそれが何なのかわからないけれど、何か気に懸かるやさしいものが在る、ということに目を瞠ってしまう。

作られた当初から薄い水色だったのか、退色したのかはわからない。殆ど白に近いが、白がもっている厳しさや烈しさはなくて、澄んだ明るい空の色だ。

私は一軒の家のポストから、詩情のようなものが漂い出ていることに胸を衝たれていた。

ある日そこを通りかかると、目になじんだあのポストはなく、濃いてらてらしたブルーに塗った別の箱に替わっていた。近づいてみれば同じ箱だとわかったが、それはどこも同じではなかった。風化しかかった儚い印象のあのポストは、何処へ行ってしまったのだろう。その日を境に、私の好きだった小さな風景が一変した。

わが家のポストは、誰が拵えたかわからない古ぼけた箱を古道具店で見つけて、十五、六年使っている。

ポストのある玄関口と、外の道との間に竹が植えてあって、歩いている人からは見えない。たとえ見えたとしても、詩情など漂わないだろう。箱の表面には黒の塗料が塗られていたが、今はところどころ剥がれている。私は無精な人間で、塗り替えるなどということはおそらくしないだろう。

外から戻って来ると、玄関の鍵をあけるより先に、金具が錆びて開閉しにくいポストの蓋の僅かな隙間を覗き込む。意外に深い底には、封書の形をした光のようなものが沈んでいることがある。

天の窓

棲んだこともない一軒の家を、近頃とみに憶い出す。正確にいえば、案内されて視ただけであった。私がそこにいたのは三十分にも満たない時間で、その後出かけて行ったことはない。

家が、何かものを言っている。言っているコトバではないものが、蘇ってくる。そういう憶い出というものもあるのだろうか。

その場所に、光りが落ちていた。ぼおーっとした暗がりを一部分こそげるように、天窓から板の上に白い光線が散っていた。それは散っていたのだが、家中の暗がりという暗がりが、天の窓に向かって立ちのぼって行ったような不思議な残像だった。

ほそい路地奥の、三、四十年はゆうに経た木造の一軒家。ガラガラッと格子戸を引くと、玄関は正面が広い白壁で（そこに小面《こおもて》を掛けようと思った）、右手上がり框をのぼり、二畳の間を通り抜け、廊下の突き当たりが六帖の板の間と台所（天窓はそこに在る）。その手前左側が八畳の小暗い和室、右が床の間つきの六畳で、濡れ縁越しに坪庭が見えた。白い水仙などが似合いそうだった。広すぎず狭すぎず恰好の家と思えたが、その話をなぜ私は断わってしまったのだろう。

二十七、八の若い自分には、その家と見合うだけの闇が内部に育っていなかったからにちがいない。そこに棲んでいたら、別の人生を送っただろうか。

はるか年を経て現在借りている家を眺め渡すとき、あの家が暗がりにひそめていた家自身の品格というよりないものが、ここには存在していないことに気づかされる。

私は若年期の自分に戻りたくはないが、あの家の、天に向かって開かれた窓の下で、降りしぶくものに打たれながら半年でも暮らしてみたかったと思う。誰かと、ではなく、やっぱり独りで、と思う。

鈴鳴らすひと

鈴を鳴らしているひとがいる。

私が台所へ行きかけたとき、そのひとは風のようにすーっと玄関の外へ出て行った。半開の戸の外側に佇つ足もとが、透けた暖簾越しに見えていて、カリリン、リンとひとは何かの秘め事の合図のように鳴らした。

それはなんと寂かな音色だったろう。戸惑いながら鳴らして、鳴ったその音色に自ら安堵して耳を傾けている。すぐに消え入ろうとする響きを、静かなひとがいっそうしんとなりながら聴いている。

わが家の玄関口に吊ったその鈴は、かなり前に民芸店で見つけた。(ご用の方は鈴を鳴らしてください)と書いた紙片を鈴の横に画鋲で止めた。それ以来、宅配便のひとや友人らが時たま鳴らす。薄っぺらい筒状になった缶がさかさに四つぶら下がっていて、まん中に木のボールがあり、ひもを揺すると当たって澄んだ音を立てる。鉄を手でうち出したのか、缶の大きさも厚みも均一でなく、それゆえに音が一個ずつ微妙にちがって美しい。

そこは雨晒しの場所なので、鈴の表面にいつしかびっしりと赤錆が浮いてしまった。それからでもずいぶんと月日が経った。ひもも何度か千切れたが、赤錆ぼろぼろの呼び鈴は傷み呆けたこの家にいかにも似つかわしい。

そのひとは同じ位置にいて、もう一度鈴を鳴らした。（ご用）など、なかった。憶いは胸にひとり部屋から抜け出し、鈴の音を聴いていた。カラリン、カラカラリン、リン。

すずしい乾いた音を立て、そのひとが鳴っている。こころがこんなふうに鳴ってしまうんです、とでもいうように、自身の闇で控えめに響いている。その音色は、遠雷よりもはるかな所から発ってきたようだった。

赤いランドセル

ようやく起き上がって郵便局まで行こうと表へ出たら、すぐ向かいの三つの坊やが、カラフルな子供用自転車をおりてほつほつと話しかけてきた。

「ボクね、おばあちゃんと鳩にお米あげてたからね、そんでね、今からお家に帰るの……」

そうなの、そうなのと丸い瞳を覗き込んで合槌を打ち、「ゆうちゃんの、いい自転車だねー」とほめて、手を振った。あーん、あんとついこの前まで猫のように泣いていた坊やが、こんな話が出来るようになっている。それからあの子は、言葉と言葉をつなぎ、絡ませて、やがて言葉の深みに在るものを探りあてていくのだろう。普段なじみのあまりない私にさえ、ばったり出会った日にはそれまでに得たものをさらけて見せてくれる。

大きくなったのね、と胸につぶやき、私は自分の重かった体が幾分楽になっているのに気づく。

　仕事が続いて、晩秋から初冬へと季節が移行しても、私はまだ疲労の渦中にはまり込んで動けなかった。陽が入らなくなった家の、ぼおっと点いた電灯の下で、終日一人臥せている。殆ど無言で過ぎる日々に、ほそい光線が射したような束の間のぬくみが、道で往き交う子らからもたらされてくる幸福をおもう。

　秋風がしろく薄く流れ始めたあの午後も、ほんとうにそうだった。

　学校帰りの赤いランドセルが三つ、右に左にもつれ合って私の前を歩いていた。

「あ、待って」

　その中の一人がぱっと身を翻し、跳ねてすぐ横のアパートの柵の所で何かを摘んだ。そうして「〇〇さん」と大人びた呼びかたでもう一人に声をかけ、「はい、あげる」と手渡した。「じゃ、△△さんも」と、その後ろにいた少女のてのひらにも、そっと何かを握らせた。

　その折の、おかっぱにプラスチックの髪飾りを結わえた少女の（おそらく小学一年生の）、やや得意気な、ヒミツっぽい仕種といったらなかった。やわらかいほっそりしたてのひらの隙間から、茶褐色の皮をかぶった丸い朝顔の種が垣間見え、思わず私の頬が崩れた。

落とさぬよう握りしめた手の中の、種子の形をした大切なもの。貰った子も、差し出した子も、それぞれに握りしめて大人になっていくのだろう。

「あ、待って」

そう言って、私も何かを摘んで来たのだ。永い永い過ぎ来し方に、路地裏や草むらで一匹の虫のように軽く光って。

子猫を抱きながら

久し振りに子猫を抱いた。体重は二キロ位ありそうだから、正確には子猫ともいえないが、それでもわが家に永年棲み着いている二匹の猫に比すれば、ふんわりとやわらかく、痛いような身の軽さで、よたっと私の腕の中に倒れ込んでくる。

その子みいちゃんは、何処からやって来たのだろう。筋向かいの家の玄関口で、ミィ、ミィと長い間掠れ声で鳴き続けていたのだ。寒夜の闇に引っ掻き傷のような声が浸み透り、私はいたたまれずに餌と水とを持ってそこへ飛んで行った。

仮にみいちゃんと呼んでしまったけれど、その子は食べるより先に、私の膝に小さな頭をごんごんと押しつけて甘えた。それから、はっとして茶碗の餌を、飢える者の食べかたでガツガツと一心不乱に食べた。

おなかすいてたんだね。ずっと何も食べてなかったんだね。時々上目づかいで私を見て、それからまた幼子の仕種でミィミィ鳴きながら頭をこすりつける。

あんたは迷子なの？　それとも、〈人間〉に捨てられたの？　思わず子守歌の響きで話しかけてしまう。闇の怖さも、寒さも飢えも、全身で訴える猫に寄り添うとき、私は自分のありたけの優しさが、体の奥から湧いてくるのを感じた。捨てられ、さ迷うほかなかった幼いいとけなき存在によって、私のひびわれた孤独の魂が温められている。子猫をこの手に抱きながら、ほんとうは子猫に抱いてもらっていたのだ。

「猫ってね、人間を幸せな気持にしてくれるの」

独り居の友に、そんな話をしたことを思い出す。「詩人は、四匹の猫と暮らすべき」といったのは、誰だったか。何故四匹かと思いながら、妙に納得したことがあった。みいちゃんも、三匹目の猫になりたいのか。詩人になりそこねた者の棲む、粗末な小屋の。

薄ら陽が射した濡れ縁に出て行くと、みいちゃんはまっしぐらに兎の飛びかたで走って来た。縁先に腰を下して「ここにのぼっておいで」と膝を軽く叩くと、何の逡巡もなくもんぺの膝に馳け上がる。それから、ゆっくり体の位置を定め、私の腕に両手と顎をちょこんと預けて丸まってしまった。そうして、ごろごろと喉を鳴らし、束の間の夢を貪った。明日のことなど何ひとつ思わず、丸いいのちの幸福な塊りになって。

蜘蛛の糸

窓際の竹と竹との間に、蜘蛛の糸が横に一本懸かっている。それは少しの風にも揺すられて、小刻みに光る。極細の糸はあるともないとも見え、神秘な光をそこから世界に向けて発しているようだ。その煌めきは銀にうねったり、虹色だったりして、見ているとあまりの美しさに溜息が出てしまう。

（ああしかし、改めて気づいたのだけれど、蜘蛛という虫も飛ぶんだね）その現場を一度も目にしたことがなかったので、なんだか私には、蜘蛛が空中をあの細い沢山の足でゆっくりゆっくり歩いて渡って行ったような気がしてならない。歩いたあとのそのけざやかなしるしが、三十センチ程離れた竹と竹との間に、水平に懸かる一本の光る糸なのだ、と。茫っとして空想したり、折々の営みに見とれてしまうので、庭も室内も蜘蛛の巣だらけだが、私はそんなことがあまり気にならない。

かつて隣家にいたおばあさんは、花を育てるのを無上の愉しみにしていた。けれども、花以外のいきものが苦手のようで、蟻の列を見つけては踏みつぶした。バラや椿などを切って、惜しげもなく私に持たせてくれるその手で、苦もなく虫を殺すのだった。有難う、と花を貰い受けながら、私は体のどこかが少し軋むような気がした。

ある山中に別邸を建てた人が「ここは汚ない虫とかが出るでしょ。だから、ちょっとね」と言っているのを耳にしたことがある。〈汚ない虫〉とはいったいなんだろう。虫に比して、人間はどれだけ綺麗というのだろう。山での先住者は、虫たちや他の動植物なのだ。あとからやって来て、その地の環境を崩した人間の、傷みのない言葉を愚かと思う。

夜になってから、窓際のテーブルで仕事をしている私の傍へ、猫のはながぐずって甘えにくる。夜風が冷え始めていて、おいでと抱き上げると、膝に落ち着いてしまったので、いつもの、はなの好きな子守歌をうたってやる。ゆるく体を撫で、鼻や顎を念入りに撫でながら、ねんねこしゃっしゃりまーせ、ねた子のかあわいさ、とうたうと、とろとろとはなは眠りかかるのだ。そうして、私の膝に全身を預け、うっとりと口を半開きにし薄目になって、うたっている私の顔をそおーっと見上げる。寝たふりをしながら何度も何度も見上げる。

その時のはなの、恍惚の表情といったらない。(今までいったい誰が私のうたう子守歌を聴いて、こんな深い悦びの表情を浮かべたかしら)

かくて初秋の開け放った窓辺の椅子で、時折蚊に刺されながらこおろぎや鉦叩きの伴奏の中、いささか真剣に私は子守歌をうたうのだ。

夕空の下で

友から久し振りの便りが届いた。

「あなたの深い哀しみを消してあげたいと思いますが、ただただ祈ることしか自分にはできません……」

いったい私は彼女に、なんと一方的で人騒がせな手紙を送りつけてしまったのだろう。春先きから心が沈潜していたのはほんとうだった。しかし、この浮薄な愚か者に、〈深い哀しみ〉という内省などあろうはずもない。余計な心配をかけてしまってごめんなさいと、ひたすら胸の内で詫びた。

閉塞した都市での乏しい時の移行に、わが身ひとつが置き去りにされてゆくような日々。揺らぐ心身のはざまで、生きることの意味を、ろうそくに灯をともすように視つめていられたらと思う。孤という切実なものの意味も、それでもなお生きねばならぬわけも、あの橙色のあたたかい火の下でなら、まっすぐに了解できそうに思う。

たとえば、昨日の午後の、天啓かとも思える恵まれた時間の幸福を、私はどう書き表わせば足りるだろう。いっときの気まぐれな神の悪戯だとしても、ふれ合うことの温もりと、澄明な大気の流れ、あの広々とした自然の懐で蘇っていった貧しい魂がここにある。

ゆずが、なつみが、草むらに小さな手を差し入れて探し出し、やや得意気に「はい」と次々に掌にのせてくれた野苺の紅い実。みなぎった粒々の果肉をすぱっと噛んで「うん、美味しい！」と誰にともなく声をこぼした。ゆずの丸い頬がゆるんで、ちらと私の方を見る。手綱を外してもらった犬のポッケは狂喜して馳け出し、無秩序に走り回っている。子どもらも犬も前後して、じゃれ合いながら草の道を行く。思わず私もスキップして歩いた。

突然草が深くなり、私たちはそれを手で掻き分け、泳ぐように進んだ。でこぼこじぐざぐの小さな列。青かもじぐさやいぬむぎの一面の穂草。風が出て綿のような茅《ちがや》の穂がひるがえる。その眩しい銀の波。私にはなじみのすくない光景なのに、なぜこんなに胸が騒ぎ懐かしいと思うのだろう。人が抱えるはるか原始の記憶、とでもいうのだろうか。ここではヒメジョオンさえ白い妖精のようだ。

上空を仰げば、ひりっと切れそうに細い月が藍色の雲にひっかかる。西方の夕焼けは、私たちを川原に点在させたまま次第に遠去かろうとしていた。影になったこおもりがひらひらと中空を往き交う。遠い彼方でいっそう透明にきわまってゆく月。

長い間川音に包まれて立ち尽した。誰も帰ろうと言わなかった。帰り着いた先が、壮大なこの天空の下であるような気さえした。オーロラを思わせる薄雲が、今日という日の最後の光を集めて無辺際に輝く。あのやわらかい途方もない変容のかたちに、どこまでも。

夏の終り

八月も終りぎわになると、朝の光は確かにそれまでのものと違っている。どこがといえないほどだが、白さが僅かに増してきている気がする。風が通っていくとき、竹群の重なり合った葉が小刻みに慄える。しかし、風はまだ音を立てたりはしない。何かを伺っている様子で、葉の間を気配だけが通っていく。夜の名残りの虫たちは、ひそやかにチンチンチンと涼しい声をあげている。

この風、と思う。すうっとして湿気含みで重いけれど、季節は明らかですよというふうに、私の痺れた魂の片側を通っていく。ああ生きていた、と思う。こんなに呼吸の苦しい夏もなかった。誰もみなそうだったのだろうか。酸素の希薄になった地上で、日々熱風に煽られ息もつけなかっただろうか。

私は早々としごとを放棄して、新聞と本を読んで過ごした。幾冊かの詩集と、串田孫一の随想集などを。読みかえした本も多かった。しかし、本を読む以上に、ものを憶って過ごした。「葉月八月は、旅月、渡り月、思い月でもある」と新聞のコラムにもあった。陶芸家の友人の手紙も、ずっと内に沈潜したままだった。忘れようと思ったわけではない。いや、発病以前より彼女は私の近くにいた。

「二度目の抗癌剤治療のため入院中です。本の山に埋れて、これはこれなりに幸せ。脱毛（副作用）の煩わしさから、くりくり坊主に剃っているのですが、尼僧というよりは、ロンドン系パンクといったところ。これも来年の夏までのことです（?）」

悲愴感はなく、さばさばした闊達な手紙だったが、末尾の「来年の夏まで」の真意をはかりかねて、うろたえた。私の微小な飢餓感などなんだろう。手術前までは時間があまり残っていないと思っていたけれど、最近では千年も生きてるような気がする、とも別の便りに書かれてあった。

西洋医学のものさしによって、限定されてしまういのちの丈。私はそれを信じていないが、その丈が人間の幸福度を左右するとは思えない。そのことを思慮深い彼女は知っているだろう。

今夏、楽しみにしていた蛍を、ついに私は見にいけなかった。

「ホタル見にいくっていってたでしょ、どうなった?」

少年が無邪気に父親に問えば、「ホタル、もういないんだよ。また来年」

ふうん、来年かあ。神秘の解けぬつぶやきをこぼして、何処にもいない蛍の幻影を少年は目の奥に閉じ込める。私もまた見えない光を追って、急に胸が詰まった。夏の間中わが身辺は、発光する小さな虫の幻で賑わっていたのだ。先がいかほども見えなくなっているうつつの闇に、蛍は激しく優美に飛ぶはずだった。(いや、飛んだだろう)蛍棲息地近くに棲む友は見ただろうか。千年もの熾烈な彼女の日々にこそ、蛍は飛んでほしいと思った。

父の声

家の窓側に植えた竹群をざわめかせて、風が吹いてくる。開けた窓の傍の椅子に坐り、ぼんやりと竹のたてる音を聴いている。風は、竹に何を委《ゆだ》ねているのだろう。さらさらと、時にざざぁーっと身を揺すって、この世の音を響かせる。

さきほど届いた知人からの葉書を、もう何度読み返したことだろう。淡々と綴られたその有様が、痛いように私に発光する。

どうして貴女は病いの底でそんなに澄んでいられるの？　葉書の彼方に姿を隠した人に問いかける。

「本日午前九時胃ガンの手術を致します。手術の先生もこれで三度目、信頼していますので不安はありません」

愛猫ピーコを一か月人に預け、「昨夕は独り夫の遺影の前で、ウナギとビールで前夜祭をしてきました」という。鉢の花は全部下へ移植し、野鳥の餌は隣室のおばあさんに頼んだともいう。私はその天晴れな身仕舞に息を呑む。

葉書の表裏にびっしり書き込まれた彼女の七十数年の人生は、縁側にそそぐぬくい陽だまりのように「これでいいのよ」と、不束な私を慰める。そうなのですね、そんなふうに、終りは花のようにくるっと花弁を巻いて、静寂の時を横たわっていいのですね。

私は七年前に他界した父の死に支度を憶い出す。臨終に間に合わなかった私へ、母は問わず語りに語った。

「お父ちゃんはな、こうやって自分の服を家で洗えるもんは全部洗って、洗えんもんは一つずつクリーニングに出して行ったんやで。それがこんなにあるねん」

それぞれ透明ビニールの袋に入れられ、山と積み上げられた衣類の嵩を、父自身の道のりであったかのように私の目はせわしく往還する。それらのなじんだ衣類に手を通す日はもうないのだと、自らの死を受容していった父の明晰な日々。

場末の一膳飯屋の親父に終始し、何者でもない生を貫いたが、五年間の入退院を見守った主治医にはくぐもりのない声で「先生、お世話になりました」と、訣れの挨拶を済ませて世を去った。

風のさざめきの一瞬止んだ間《ま》、私は頬杖をついて光に透ける竹の葉を見ている。その向こうから「人間ってもんはこうやって死ぬんやぞ」懐かしい父の、明朗な声が聞こえてくる。

淋しさについて

「一人で淋しくないですか」

と、時折人から聞かれる。

それは同居していた友人が、近所に小さい借家を見つけて移って行ったことを含めているのだろうけれど、聞かれるたびに不思議な気持になる。他者の目に、一人だとどうして淋しく映るのだろうか。それならば、二人でいると淋しくないのだろうか。

淋しいという感情が、傍に人がいるかいないかで生じたり消失したりするだけのものなら、生きていくということは、実に単純明快で仕末のよいものだと思う。

遠い昔に二人でいたとき、淋しくてやりきれない時期があった。相手が何を思考し、何によって心を解き放っているのか、理解できなくなっていた。人との関わりの内に生まれる孤独感のはてしなさを、未熟ながらその頃知ったように思う。

　世界広しといえども、淋しさを一度も感じないで生きてゆける人はいない。この世に生じてやがて滅していく人間の、限られた命という存在の、ただ今の、淋しさ。見えないけれども、どの人の心にもその空漠は在って、何かのちょっとしたきっかけで噴き出してくる。独居がいいのは、そんな淋しさの極みを見つめる機会が、普段からあることだろう。

　誤魔化さずに、私は淋しさとさしで向かい合いたい。いつだってそこから逃げないでいたい。淋しさという感情が、一人の人間性に加えられる豊穣もあるのだと、なぜか私は信じているのだ。

詩人の誤字

先日、一人の詩人の原稿を、思いがけなく手にする機会に恵まれた。マリン・ブルーの明るいインクで書かれた文字のその連なりは、筆跡のかげから音楽のフレーズが流れ出すようなきわだちだった。

さすが、と私は胸の内で手を打って見惚れる。けれども、その紙に繰り返し現われる〈沈黙〉という語の〈黙〉に、はっと目が立ち止まった。その人の記した〈黙〉には〈灬〉がなく、〈默〉という造形になっていたのだ。それは、誰でもがはからずも犯してしまうちょっとした誤字にすぎない。咄嗟に私は原稿の中を幾度か往き交ったその見慣れぬ文字に、〈灬〉を補いながら読んでしまったが、詩人が無意識に書き表わしてしまった〈默〉とは、何だったのだろう。

〈里〉の傍に〈犬〉がいて、それだけでも一枚の切りとられた懐かしい景色が見え出してくる。その光景を、晩秋の清謐な光が濃い明暗の中、ゆっくりと渡って行くのだ。あっと私の唇から声が出た。〈默〉の下に拓ける〈灬〉とは、里山に佇む犬に注がれた眩しい木洩れ陽ではなかっただろうか。あるいは、惜しげもなく散り敷いた無数の落葉。

　辞書を開けば、「だまり、しずか」と意味が記されていて、しずかにしずむ〈沈黙〉の真実に、私もまた往き当たらざるを得なかった。詩人の美しい誤字によって、はるかな大地にいる一匹の犬の瞳のかなしみに遭った。そのかなしみの底を、時がさんざめきながら移って行くのを。

橋のたもとの

わが家のすぐ傍には汚れた川が流れていて、そこに懸かったコンクリートの橋を、日に何度か渡る。普段は〈橋〉ということも忘れて往来するが、そこのたもとの木蔭に、かつて猫がいた。お尻から血を流し、苦痛に歪んだほそい声をあげつづけたが、あれからすぐにその子はいなくなった。

けれども私が橋を渡ると、ごく稀れに、鳴く。その子の足もとには、ひっそりした若い女性がうずくまっている。

「あ、その猫……」

「野良でしょうけど、苦しそうで……」

そうだった。あのとき、私とそのひとは声だけでつながり合った。

「十分も歩けば、動物病院ですから。私も行きますから」

ふるえながら私は言い、小さなダンボール箱にタオルを敷いて猫を入れた。黙ったまま見知らぬ同士並んで川沿いの道を歩いた。

向こう岸の樹上では、尾長が激しいいのちの声を残し、何処かへ発って行った。川面に垂れた萩の枝は悠容と揺れ、ねこじゃらしの頭がつんつんと光った。

あの橋のたもとの木蔭を、知らぬ振りで通り過ごせなかった一人の若い女性と、野に果てたいきものを見送った。病院の廊下の隅で私たちは泣いたけれど、互いの顔は見ないままになってしまった。橋上で擦れ違ったとしても、もうわからないだろう。一匹の切なる猫の死を分かち合ったひとの、セーターの薄い肩だけを私はすこし憶えている。

鈴鳴らすひと

ふいにほのかに

墨一瞬

私は何故墨（書）を書くのだろう。書き始めて四十年以上にもなろうというのに、今もまだそう思ってしまうことがある。

私自身が、まだ墨になり得ていないからだろうか。墨のただ中に自分を放り出しても、書いているのは私という存在ではないようなのだ。そのことが実感としてわかる瞬間がある。

例えば、山頭火の句を書く。書き終えてのちの紙を眺めていると、ああ、これは山頭火との合作だな、と納得する。この世のどこにも姿のない山頭火が、托鉢《たくはつ》の笠をぬぎ、あるいは作務衣の袖をまくり上げて、私の背後で立ち尽しこちらを凝視している。牛乳壜の底のようなぶ厚い丸眼鏡の奥の涼しい瞳。山頭火が来たな、と私は思う。まばたきするより短い時間が、茫然とする者を無視して紙の上をきらめいて行く。

ふぅーっと深い吐息をついて、私はまたもや山頭火から発してくる光輪のようなものを感じていただけであった。この手は、確かに一本の細い筆を握ってはいたのだが。

個展の折、来場の人々とふれ合うなかで、「私は練習というものをしないんですよ。ここに展示した書も、それぞれ一枚書いただけなんです」と話すと、たいてい驚かれてしまう。それは単に百枚、千枚書く体力も気力もないからだが、それだけのことでもない。表現しようとする対象（詩や俳句）への感動の初々しさを何よりも大切にしたい。

「潔さというのでしょうか。今だけのかけがえのなさであなたは勝負してらっしゃる」

個展を観てくれたある年輩の方からの手紙に、そう書いてもらったことがあった。「今だけのかけがえのなさ」とは、墨の性質を十全に把握した指摘である。私はうれしくてならなかった。

墨はまさに一瞬のもの。過去現在未来に点を打つ、滴りの文学ともいえるだろう。その滴りの一瞬が、いちにんの僧の語り尽せぬ重い境涯を照らし出すこともあるのだ。ゆめゆめ油断してはならない。

じへいという世界

茨城県のつくば市で書の個展を開いた折のことだった。私と同世代とおぼしき男性が、会場の台の上に積んであった拙著『墨の詩抄』を一冊抱えて傍に近づいて来た。

「あのォ、この本が欲しいんですけれど。それで、ここに〈じへい〉って書いて頂けませんか」

「じへい？　あ、それは〈おのずからとざす〉っていう文字でいいんですか？」

私は眼鏡の奥のその人の瞳を覗き込みながら問い返す。その人は何故か自信なげにおどしている様子であった。

「はい、それでいいんです」

彼の言葉に頷いたとき、私の目の端に一緒に従いて来た息子の後むきの尖った肩が見えた。窓際の椅子に坐って、少年はしきりに手を動かし、同じ動作を繰り返している。この父と子は、確か一週間程前にも来てくれた人たちだ。私はギャラリーの原嶋さんに筆ペンを借りて、ふぅーっと呼吸を整える。

じへい。自ずから閉ざす、の、自閉。私はこれまで一度も他者の前で〈自閉〉という文字を書いたことがなかった。この人に声に出されたとき、どきっとして私は胸が波立ったのだ。書けるだろうか、いや書かなくては、と何かに促されるようにしてペンを握り返す。

二文字目の〈閉〉を書き終え自分の文字を見直すと、ほんの一瞬のことだったけれど、それは〈自開〉に見えた。ああ、そうだったのか。なんと〈閉〉は〈開〉に似ているのだろう。

とそのとき、私の横でその文字を見守るように立ち尽くしていたその人は、大きな声をあげた。

「これは世界だったんだ。こんな世界が在ってもいいんだ。そういうことなんですね」

原嶋さん、見てください、と受付台の所に立っている彼女を振り向いて本を翳《かざ》した。

「ほら。〈自閉〉って、世界だったんだ。ね、ね、そうでしょ。在ってもいい世界なんだ」

うん、うんと原嶋さんは黒目がちの瞳をうるませている。人生の断面が見え隠れするいのちの時間に、私はそれ以上何の言葉も放てないでいた。

それから、優しい父と子は一冊の本を抱いて、こうべを上げて帰って行った。若葉風のまぶしい青い道を、自ずから閉ざす世界へ。けれどもその道は、自ずから開く世界へと遠く果てしなくつながっているのだ。

遠い崖に

東京谷中での個展が終った。

初日の朝の、会場の障子の小部屋で、痩せていびつな形に開花した一りんの秋明菊を憶い出す。あの、薄やわらかい透けた白い花。

通り過ぎて行きながら、人は気づいただろうか。小さい豆のような蕾が割れて、生まれたもののことを。およそ一滴のしずくのようないのちの営みが、ひっそりと深化していったのを。

水差しの中で濃紫の穂の風草が寄り添い、ちから芝はほぉーっと息を吐いて、私はそこが光りの部屋だと知った。

一週間という限られた一日一日に、私たちはなんと沢山のほんとうの話をしただろう。

そしてまた、なんと多くの沈黙を分かち合っただろう。

展示した詩書の前でほろほろと泪をこぼす人に、私はすべもなく黙って、いっときただ傍にいた。その人の人生が書の前で今きらきらと点滅している。

泣きながらいつしか人は微笑んでゆく。私もそっと笑った。

詩のもっている意味や響きが、墨の明度と融け合い、澄んだものがそのギャラリー全体を包んでいるのを、私は痺れた五感の隅で察した。詩は、そのように本来私たちの内と外で解き放たれていくものなのだろう。

私は私の方法で、活字の世界で自足していたそれらを、墨の深みへ、墨から立ちのぼっていく空間へ放ってゆこうとおもう。非力な、あまりに微小な方法だとしても、詩と墨が合体することで生じた響きとしての内在律を差し出し、人々の前に在る無窮の壁面に掲げられたら。そんな祈りだけで辛うじて私は六日間、廊下の影に立った。

「ここへ来るまでの道だって、あなたとつながってるのね。ガラガラっと玄関を入って、上がって、目にするここの空間全部が、あなたの世界なんだっておもう」

数年振りに来た友は、ふうわりとふくらんだ笑みを残して、引き戸を閉めた。

会期中、私は台所と廊下をひんぱんに往来し、お茶を淹れることでも神経を使った。なんでもない煎茶一碗が、一期一会のお茶なのだ。「どうぞ」と差し出せば、人の目元がやわらいだ。慣れぬ人々との応待は、襤褸のように疲れたが、私は一瞬ごとに死んで、蘇生せずにいられなかった。

来場の独りびとりの記憶を、ようやく畳に坐って、あの秋明菊のようにおもい、かつての遠い崖に咲いて立つ水仙のようにおもい見ている。霜枯れに暮れて行く崖が、夕光にあたたまってうるんでいる。花は燃え上り、金色に染まって闇に沈んで行くのだろう。

まだ見ぬ日々へ

あとひと月で西暦二〇〇〇年という、穢れ知らぬ年が生まれようとしている。一九九九年の一切に、はたはたとハタキをかけ、それから絞った雑巾で浄めて、私は真新しい始まりをこの総身で享けとめようと思う。

未だ見ぬ日々への憧れ渡る想いは、家のすぐ傍の、橋のたもとで見つけた白鷺の飛翔へとつながり、あの神々しくも真白い羽搏きこそ、私の向こう側を照らすものなのだと感じる。

ひかる川面に降り立って、ゆるく歩みながら彼は餌を探した。私の注視に背を向けて、それから大きく羽根を浮かし、渾身の力で川を蹴った。地上に残された私は、いっときさまよった視線を未来に投げる。その至高境のごとき先へ。

けれども、この年に巡り合った一つひとつを、自分の眼窩から消し去ることはないだろう。個展会場の片隅で、憑かれたように一篇の古い私の文を探しつづけた初対面の人のことも。

「雑誌の連載で読んだあなたの文章を、この九年間忘れたことはなかったのです」

幾冊かの本の頁をめくりつづけて、ようやく発見した文中に、山頭火の次の一句はしるされてあった。

遠山の雪も別れてしまつた人も

「許されるなら、いつか、それを墨で書いてください」

眼鏡の優しい瞳を宙に放って、それから人はいくたびかの沈黙の内へと落ちて行く。

「遠山の雪……でしたか」

それ以上何の言葉を返すことができただろう。その人に降りしきった雪を、ここにいて、距離を置いて見はるかすほかすべはない。

画廊の外の街に日は暮れ落ち、深い闇を歩いて来たのだ、その人も。そうして、闇を抜けようとしているのだ。みずからの歩幅で、九年という淡々とした歳月をかけて。小さな私になせることは何もないのだと、瞼を伏せ、胸にひそめてあったわが裡の〈遠山〉の句を、ひとり声に出さずに読んだ。

遠い山も遠い雪も、一切は無常迅速の風に吹かれてゆく。私はもう、遠いそこへ帰ることはない。

新しく始まってゆく想いを抱え、出会ったいのちの鼓動に耳を澄ます。相聞という言葉の意味が、その朝ほど響いてくるときもない。

窓にひかりの人は佇ち、影になったその背後の魂をそっと私は抱き寄せる。

ふいにほのかに

秋の個展が終わって、はや十日も過ぎてしまった。こうして、かの日々は胸におさめ、普段の生活へとあらゆるものは立ち戻っていくのに、きざまれてしまったものらは、なま温かい血のようなあとをとどめて、未だ私から消えようとはしない。

多忙を極める女人《ひと》が、夢の時をくぐって山野に分け入り、種々の野菊やりんどう、下野《しもつけ》などを摘んで、初日の朝会場へと送り届けてくださった。私はそれを黒いブリキの缶や、古い鉈籠などへ挿してゆき、乳白色に滲んだ昔の氷コップにも入れてテーブルに置いた。

「この花……」

「友禅菊っていったかしら」

「こんなふうに活けると、いいね」

氷コップの、厚ぼったいガラスの懐かしさに溶けていった紫に濃い小菊。あの人が言った〈いいね〉を耳底で反芻し、言葉にしてしまったもの、言葉にならなかったものを、会場の隅の台所で茶碗がわりのそば猪口を洗いつつ、リフレインさせている。

巡り合いは、不意に訪れる。いつのときも。そのように（神は）、用意された。

ふいにほのかに輝くものがあり
時の格子戸がひとつ取りはずされる

（田口義弘詩集『遠日点』より）


茶と濃藍との渋い格子模様の掛軸の前から、凝っと動かないシルエットの女性がいた。初めて会う人だった。

「この詩。〝ふいにほのかに……〟って、本当にそういうことって、あるのですね」

小部屋になった奥の会場には、私とその人だけがいた。いいかえれば、その人の一瞬の愛に煌めく魂と、私の傷の内より輝きわたる魂とだけが、そこに立っていた。うるんだ瞳で淡々と語る彼女の声に、私は私の痛い愛を重ねて聴くほかはなかった。およそ無だったような、無辺でもあったような、その時。

同じ職場の、七十近くになって停年退職する一人の男性と、もう今日で最後という日、偶然事務所に二人だけになった。その男性は、足の悪い彼女にかつて差し出したかった手を、遂に差し出し得ないまま、その日まで来てしまったことを打ち明けたという。

「もう、いいですね、話しても」

と、憶いを一気に告げて、それから二人泣き合ったという。愛がこの世に生じた日の別れに慄えながら、彼女はここに来た。

「それが昨日のことでした。そして、今日。〝ふいにほのかに……〟の詩と出合いました」

彼女その人の、深みより発せられる声の光の清澄を、私もまた泪で掻き曇った視野にそっと放った。

コスモスの道

深夜、靴音をひそませていつもの花梨の木の繁る塀を曲がると、寂けき魂が喚び合うような、地の涯てへ招かれていくような、そんな声で鉦叩きが鳴いている。チン、チン、チン、チンと、わが家の竹群の根元の辺りからも緩やかに点滅し、疲労の極みで朦朧とした私を掬い上げる。

秋の深みのただなか、それはなんと愛《かな》しい終焉の声だろう。もはや一匹の虫であることを脱ぎ去り、向こう岸で鳴き交わすものたちの、恍惚のひびきだ。

——かねたたき、ね。

私は言葉をはなたずに、呟く。一週間連続した書の個展の日々を、そのようにいたわられ、護られて抜けて来た。その夜も暗がりの中を玄関に立ち、手探りで鍵を明けながら、母親と会場にやって来た女の子のことをふと想い泛かべる。

「お茶ください」

二歳のすみちゃんはつぶらな瞳を私に向けてそう言った。お茶好きなんです、この子。母親の、菩薩のような微笑をそそがれたすみちゃんは、その時何処からか現われたちいさな神さまだった。

「愛ください」

ぼんやりとつっ立っているだけの私に、そう言ったのかもしれなかった。

——待っててね。

台所に引き返し、白磁の小碗にお茶を淹れた。やわらかい白い頰、薄いぽやぽやの髪。ちょこんとお辞儀してすみちゃんはお茶を飲んだ。

泥のように眠る前の一刻の、優しいひびき合いの目裏へコスモスの群れがそよぐ。川沿いのコスモスの道を昨日歩き、一昨日も通った。台風のあとの乱れの形に伸び拡がり、花は花なりに自在であった。斜めの夕光を受けて、薄く薄く光っているさまを胸に沁み入るように眺めた。いろどりを捨て、わが身を細らせてゆきながらコスモスもまた花の姿を脱いでゆくのだ。

コスモス好きか
コスモスはさびしく笑うんや。

養護学校の生徒だった原田大助君の短い詩が、闇のなかで光った。あの終焉まえの鉦叩きも、さびしく笑っただろうか。
また会うために、自然の営みに包まれてゆくために、私も目を閉じてそっと笑った。

私の夢殿

私はこれまで書の個展を年に二、三回開いてきたけれど、それらの会場の中で来場された人々と語り合っているよりも、何故かいつも台所に立って、お茶の仕度ばかりしてきた気がする。

「作者の方は、今日はいらっしゃらないんですね」「どの人が先生ですか」等々、お茶を汲んで一人一人にどうぞと差し出す私に、真顔で問われたことが幾度となくある。その度に、ちょっと困って、嘘もつけずに「あのォ……私なんですけれど」と、小声でボソリと呟く。

「作家の先生は、お茶なんか淹れてちゃいけません。そんなものは人に任せて、皆さんと話すべきですよ」と、ギャラリーのオーナーに、叱責助言を受けたこともあった。それでも人疲れする私の性癖はなかなかに骨太で、まずは直りそうもない。

人と話せない分、台所で黙々と本気のお茶を汲んで、手渡してゆく。茶碗も茶托も自宅から愛蔵のものを持参して、盆一枚といえど、江戸初期の根来《ねごろ》でふるまう。私の〈心意気〉は、いつもこうして人の目に立たぬところにひそんでしまうもののようだ。

何気なく淹れる一碗のお茶。しかし、まことは、何気なくはないお茶を、誰がその心に享けてくれるだろうか。人と話せない私の、言葉がわりのお茶を「どうぞ」と差し出すとき、私は私の生のようなものを手渡しているのかもしれないと思う。真実をこめて、こんなにも無防備に。

数年前の個展で、他用でギャラリーに立ち寄った面識のない男性が「おっ、これは凄い！」と声を放ったことがあった。えっと、私は小さく振り向いて、その人を見た。初期伊万里の草花文のそば猪口でお茶をすすりながら「おぬし、真剣だな」と、見抜かれたようだった。

「参ったな。古伊万里でこんな凄いお茶が出てくるなんて。画廊はずいぶん回わったけれど、初めてだね」

お好きでしたか、と応えるのに私は精一杯だった。芳名録に名だけしるして去った男性とは、再び街角で出会うことはないだろう。私はすでに、その名も風貌も忘れてしまった。けれども、一瞬交差したなにものかは、それぞれの胸に残ってゆく。

二年程前からは、会場の台所に抹茶と碗も携えていくようになった。陽の落ちた頃に現われる人へ、ふと気まぐれのお茶を点てる。その時間が、私にとっては安らかな一刻となった。この世とも、かの世とも定められぬ夢幻のひとときに、清澄な一碗の茶の鎮もりがある。さわさわと点てながら、泡立ったその草色の茶に私自身が慰められている。

黄昏の驟雨に打たれて、濡れねずみで馳け込んで来た人にも、一服の茶を差し上げた。室町期の豪放な歪み古瀬戸に干菓子を添えたが、「雑誌で、あなたの『闇を飲む』の文章に出会ってしまって、思いきって出かけて来ました」と、予想もしなかったことを話しかけられた。

「じゃ、『闇を飲む』茶碗で、もう一服いかがでしょう」と言葉が弾み、私は李朝刷毛目の大疵物の茶碗に二服目を点てた。「今日はお茶を飲みに来たみたいだな」と言う人と二人笑い崩れて心がなごんだ。

いいんですよ、お茶飲みに来ただけで。夢にしか生きられぬ私の夢殿に、いっとき幻の人が佇った。

地球という星に

地球という星に、五十五億もの人々が生きていて、私はこれまで何人のひとと巡り合ってきたのだろうか。この先も生きながらえるとして、どれほどの人々と出会っていくのだろうか。

東京・渋谷の忠犬ハチ公の銅像前にあるスクランブル交差点で、往き交う人々の凄まじい群に押し流され、茫然として私は自分の孤独をみつめて歩いたことがあった。舗道には夥しい人間が溢れていても、おそらくその中の誰とも私は出会っていないのだ。人と人が知り合い、信頼し合い、励まし合うという、私たちが最も希求してやまない人間の関係を豊かに築いてゆくのは、なかなか困難なことである。しかし、きわまってゆくところの真の出会いは、私たちに深いいのちの悦びをもたらし、さらに深い人間的目覚めへと導いてゆく。

今年の五月下旬、私が青春期を送った名古屋の地で三年振りに書の個展を開催した。

私の拙い書は、書と呼ぶよりも、文学的ニュアンスがつよい。技術を磨きそれを競い合う書壇から、最も遠い、ひとりの内的な場所からのちいさな発信である。短詩型文学にあらわされた人間の深みから伝達されてくるものに、揺さぶられ、心を動かされて、自分と呼応し、響き合うものを掬いとって墨と紙と筆で表現してゆく。切りとった主題に魂の震撼をおぼえるなら、技法はおのずとついてくる。私はそれを信じてきた。

墨で書いた自分の〈感動〉を抱えて、私は人間と出会いにゆく。いのちの招きを感得する場所なら何処へでも出てゆく。

この名古屋展の頃、少し心身のバランスを崩して、私は不調の日々を送っていた。けれども、約束した二日間は出かけないわけにはゆかず、痛む背中に手を当てるようにして新幹線に乗った。その名古屋で、およそ巫女のようなM女史に出会ったのである。

彼女は私を、「もゆちゃん」と呼んだ。草萌ゆ、などという古語からの連想だろうか。画廊の女あるじも時折「よもぎちゃん」と言ったりして、私自身どう呼ばれても殆ど気にはならない。かえって初対面の緊張が破れた。

私よりひとまわりほど年長に見えるＭ女史は、軽く演歌を歌いながら私の手をとり、掌の相などを眺めている。

「もゆちゃんの健康は大丈夫。七十までなら私が保証する。今、体の具合が悪いのは、疲労やろうねェ。小さい体で無理が効かない。せやけど、魂は病んでまっせ。芸術の人やから、しょうがないけど。だいたいみんなそういうとこ、あるねェ」

「しかし、こういう仕事はもゆちゃんに合ってます。なんにも心配せんと、このまま進んでいったらええ」

大阪なまりのやわらかい口調で「魂は病んでまっせ。……でもしょうがない」と正面から切り込まれて、なんだか不思議なことに気が晴れていったのだった。人生の半ばを過ぎた者であっても、あるがままを指摘され、それでもええのんやと大きく大きく受容されるとき、人間はひとつの病みや、自縛の囲みから放たれてゆけるのを自覚した。

そのこじんまりした個展会場では、県立大学の教育学の先生をしている近藤郁夫さんとも二日間を共有した。彼とは手紙での交流があり、会うのはすでに四度目である。けれど、初めて深く話した三年前の静かな衝撃は忘れられない。

　そうだった。あのとき私が話し始めると、対面している彼からこれまで殆ど経験のない深い気配のようなものが立ちのぼり、声も話自体も何もかも、近藤さんの魂の中へ吸い込まれていくような感じが生じた。私は話をつづけながら「この感じって何だろう。何か凄い……」と思う。それは喋っていることや、その話の中身の一切を包括するような、人間そのものをくるんでいくような、温かい、懐かしい、安心なのだった。存在そのままを肯定し、信頼すること。それを彼は、コトバではないかたちで伝えてくれたのかもしれない。ゆるすとかゆるさないという次元を超えた、もっと大きな人間認識としての赦しというものを、私は近藤さんから受けたような気がしている。

　その彼の門下の学生たちも来廊して座を賑わせてくれた。その内の一人がこずかいを工面し、作品を買ってくれたことにも感動した。沢山来てくれた中のある友人は、お土産の中へ「あなたの存在そのものが、神さまからのおくりものです」などと書いた手紙をしのばせ、私を驚かせたりもした。

「この庭から昨日ね、ホタルが一匹光って飛んだのよ」

ギャラリーの女あるじが、庭先でまぶしい声をあげている。二日間、私の背に当てつづけてくれたM女史のやわらかな掌。あの掌の温もりこそ、魂の深みへの呼びかけの声であった。

弱い者はすぐに立ち上がれないが、いつか私も呼びかけるだろう。そして、緩やかに応えてゆくだろう。

鈴鳴らすひと

孤独な耳

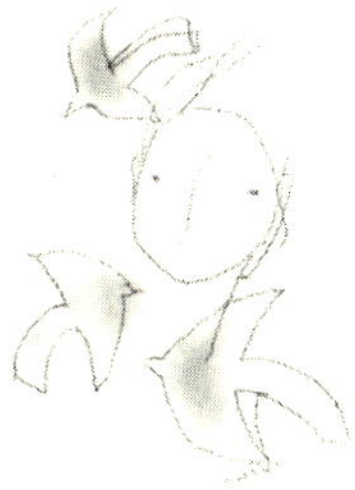

無から何かが

私は勉強というものが嫌いだったけれど、図画工作の時間だけは別人のように生き生きする子どもだった。線を引き、面を塗りつぶすと絵になる不思議は、幼い私を夢中にさせた。無から何かが生じるということに、興味津々だったのだろう。あれから茫々の歳月が過ぎ去ってしまったが、人間というのは変わらないものだと思う。

数年前から仕事の合間に、木っ端や小枝で羅漢や人形を彫るようになった。粘土を友人に貰ったのが機縁で、土の〈顔〉なども拵える。およそ「図画工作の時間」の延長である。私にとっては作る過程が面白いだけで、出来上がったものは抽斗《ひきだし》の中に入れてしまう。ある書の個展で、それらをずらっと百体ほど並べたことがあった。普段家では飾られることのない木彫や粘土たちに、心のどこかで申し訳ないような気がしていたからだろう。

会場は、明かりのやわらかなカフェ・ギャラリーで、恰好の細長い台が壁の下に在った。その上に一つずつ取り出してみると、無機物であったものにぽっと命が灯っていくように見えた。照明が上部から射すことで存在には影が生まれる。壁面に掛かった書よりも、光と影に護《まも》られた小さな立体に人々の視線が集まって、私は一人苦笑した。

しかし、と想う。様々な表情を湛えた粘土の〈顔〉や小枝の羅漢たちは、いったい何なのだろう。そして、私はなぜそういうものを作ってしまうのだろう。意図した訳でなく、手本もない。粘土の場合道具はつま楊子くらいで、冷たい土の塊りを触ったりちぎったりしているうちに形に成っていく。

粘土という無が、〈顔〉という有に変わる刹那の真実を、十本の手の指が知っている。指だけが、わが魂を離れて知っているのだ。その間私はただ遊ばせてもらっているだけである。子ども時代から現在《いま》にわたる時間の幸福を。

放心の一刻

一時間半程かかって粘土でひとつの顔を作った。目は軽く閉じ、やや首を傾《かし》げて、それは微笑しているような表情だった。

何かがそっと頬のあたりに来て、光ったように見えた。その何かが何であったのか、もう確かめるすべがない。

口もとに泛かぶ微笑みは、すこし哀しげに見えた。唇がわずかに明いて、想いがどこかへ漂い出しそうだった。

人の微笑も、みほとけや人形たちのそれも微笑みにはちがいないのに、こらえているような、諦めたような、哀しみとも悦びともつかぬ情感が漂っていると思えることがある。

作ったばかりの瞑想のような顔は、恍惚さえ泛かべてしんとしていた。

台の上に置こうとして、バランスがどう崩れたのだろう。あっと声を上げるまもなく落下して、それは真下にあった電話器に当たった。そっと拾い上げたが、顎から口にかけての部分が歪み、ひしゃげている。水分を含んだ泥粘土は、乾いて固まるまでは指が触れるだけでも変型する。崩れたのが一部分だったから、すぐ補正にかかった。

しかし、どこがといえないほど、さっき出来上がった顔とは違っている。顎を元へ戻そうとしても頬の張りかたが狂ってくる。あちらこちらと指で悪戦苦闘していたが、触れば触るほど元の顔とは似ても似つかぬ面相になってしまった。

それを呆然と眺める私自身の虚ろさは、ちょっとたとえようがない。束の間頬のあたりに来て光った、あの、すずしいもの。それが、消えてしまった。

あれからいくつも顔を作ったが、古代の笛の音のような、土のささやきのような、あの、何かはそれきり現われない。

日常のはざまにはこんな落とし穴が用意されていて、まだ形にならぬものさえ人が気づくまえに失くなっていったりするのだろう。くすんだ不条理が押し寄せ、わけもなく泣きたいような、笑っていたいような放心の一刻がある。

孤独な耳

あれは、声だったのだろうか。響きだったのだろうか。

耳の中の、少し上あたりで聴こえたと思っていたが、そうでなく、一帯に沸き立っていたのではなかったろうか。ふつふつとあぶくみたいに何かが生まれつづけ、鳴りつづけ、けれど外界では本当は何ひとつ聴こえていなかったのではないだろうか。その日その刻、私のように体調を崩して、床に臥す以外すべもない弱い者に聴きとることが可能であっただけの、かそかな、奇蹟のようなあの声。

ひとに似てひとでなく、遠くであるかもしれないのにすぐ傍で聴こえている、古い土鈴の響きのような。

私にはそれが、「画を描きなさい」と繰り返し聴こえた。

「画を？」

急いで床から抜け出し、抽斗のいくつかをあけて画材になるものを探した。

あの時間、私は横たわってモーツァルトのピアノ協奏曲に耳を傾けていたのだ。体中の痛みに打ちひしがれたまま、しかし、耳だけは澄んでいたのだろうと思う。天上の音楽ね。聴くたびにそう思い、聴きながらいつも私はやわらかい幸福感で満たされていく。

そんな最中に、不思議なあの声が降ってきた。疑問を感じることもなく促されていく声に添われて、個展などのポスター作りに使っている十二色のクレパスを探し出す。蓋をあけ、一本の黒を取り出して、買い置きしていたスケッチブックに描き始める。（そのクレパスはすぐに使いきってしまったので、後日、画材売場でバラ売りされていたクレヨンに変わるのだが）

その日、私は画ともつかぬものを二十枚ほど描いた。自分がそういうものを描くとは、思ってもみないことだった。三十年近く前に、私は油絵を決意してやめたのだ。

これはいったい何だろう。何故こんなことが起こってしまうのだろう。ずっと画は好きだったが、鉛筆によるデッサンでさえ自分から描こうと思ったことはなかった。

その不可思議な声が聴こえたころ、私は不調で寝込んでいることが多かった。何かを諦めたようにゆっくりと横になっているだけの時間というのは、体の痛みを別にすれば、それなりの安らぎのようなものに包まれる。私は案外そういう日々も好きだった。心身が命じるところの導きに抗わず、かといって自己喪失の想いも切実で、揺れ止まぬ生命体そのものとして弱っていたのだったろう。

そんな生の過程で、思いがけず直面してしまう〈不思議〉のなんという醍醐味！　偶然のように手にしたクレヨンが、表情豊かで自在な画材であったということも、幸運だった。クレヨンの黒一色と紙。描き出して一年経った今も、紙上に他の色や画材は現われない。飽き易い性格の自分が、クレヨンの黒一色に飽きないのである。

クレヨンというのは、季節による明らかな色調の変化があり、一日の内でも朝と午後では硬さも色も変わってくる。白い紙に黒、というよりも、力まずにクレヨンを持つことで、黒色が青墨のようなグレーのやわらかい線に変貌するのだ。そのグレーも、グレーとひとことでくくってしまえない複雑な表情をもっていて、単に引いているだけの線が、ただの線でなくなり、透明な光りになったり、ふるえる空気になったりする。何かわけのわからない、不思議な形象が生じてくる。

若い頃は写生にエネルギーを使ったが、今はまったく写生をしない。自分の内部にイメージが湧いて、それを表現する、という方法もとらない。（画におけるイメージなど、私には何もないのだから）そんな想像力に乏しい者に、どんな方法が赦されているのだろう。画才などない私のやっていることといえば、単純に、まったく単純に線を引くこと。それだけだった。

クレヨンが生じさせた線そのものが、詩的なのだということ。それはクレヨンの質であり、決して私がそのように意図しているわけではない。その日、その刻、その一瞬の、クレヨンによる仕業である。線から始まり、その気分に、私が従いてゆく。すっと引いてみるまで、何が現われるかはわからない。引いた線のあと、連鎖反応が形らしきものを勝手に作っていくのだ。人間はどきどきしながら、強すぎずゆるすぎず、そっと落とさぬようにクレヨンを握っているだけだ。

五十代も半ばになって、思ってもみない展開になった。一年前のあの日。降りかかり、沸き立っている声の如きものを、「画を描きなさい」ということばとして受け取ったが、その声は「画を描きなさい」だったのではなく、もしかしたら「生きてゆきなさい」だったのかもしれなかったと、ふと思ってみたりする。

ああ、そうかもしれない。生きてゆきなさい、生きてゆきなさい……。誰ということもない誰かの、あの真実の明瞭な声。明滅する灯のようないのちへの深みからの促しを、私という弱い者の孤独な耳が聴いたのだった。

丸壺のある部屋

その日、私は時の移り行く様相を、一個の丸壺に飽かず眺めた。しらしらした灯りなどともさぬ部屋に、透明の時間が薄明にたゆたい、それから徐々に闇のなかほどに傾いて行ったのを。しばらく忘れていたが、時はいつもそのようにして寂漠と、けれど緩やかに過ぎて行くのだ。

どうぞと通された座敷で、薄い作行《さくゆき》の、ふうわりと大振りな猿投《さなげ》（愛知県の猿投山から出土する平安頃のやきものをいう）の茶碗でお茶を点ててもらった。斑に被った灰釉の褐色の土肌にお茶の草色が融け、両手に受けて飲み干したとき、私の五感に蓮の青々した葉っぱで喫したような野趣が残った。

大振りの茶碗がいいの……きまぐれに呟いたのを、その人は憶えていてくれたのだ。痩せた小さい自分が、不相応な大きな器を好むことに、われながら呆れることがある。しかし、茶碗一つといえど、たっぷりした見込み（内底）に何か想いのようなものを放ってみたいのだ。そうして器の深い懐で、美しいものについて、人について想いを巡らしたい。それは子どもの時分より夢見がちで勉強などしなかった私の、性癖のようなものなのかもしれない。

お茶を戴きながら、目の端に私はずっとあの丸壺を捉えていた。その家の襖は開け放たれ、次の間の壁際に桐箪笥が低く置いてあった。その上にさり気なく、李朝白磁のまどかな壺が在ろうとは、誰が予測できただろう。あ、とうめくように言って、一切の言葉を失くしてしまった。伊万里の向附や、唐津や志野の陶片などに盛られた竹の子の煮物や、うどの天ぷらなどに舌鼓を打ち、笑い語って、時折ほつほつと烈しくなる雨音にも風雅のひびきを受容した。

どこかで沢渡りの鶯が、ケキョ、ケキョと遠く遠く啼いている。いつしか畳目の美しい座敷に、黄昏がやわらかく入り込んでくる。窯中で曙をうつしとった白磁の壺は、半身をうっすらと緋に染め、首から張り出した胴にかけてみずからの白さにいっそう蒼ざめていくように見えた。私は自分の裡に押しとどめ封じようとした憧れが、そこで、その人たちの日常の手によって見事に明証されているのを認めた。

雨が止んだ一刻を、三人で崖を下って川原に遊んだ。昼夜わかたず翡翠色に透ける川は流れ、魂の底を滔々と流れ続けた。瀬音の深みに身を横たえ、彼らは日々川を抱いて眠るのだ。私は半世紀以上も眠り続けて、いったい何を抱いてきたのだろう。

川べりの叢《くさむら》にすかんぽの一群が繁っていた。それらの草の芽を摘んで持ち帰り、ごま油と醤油で炒めて一人食べた。明日も生きるとて、自分自身のその貧しさから始めるほかはないのだと、口中のすかんぽの柔らかい酸味を噛んだ。

一本の大徳利に

友人が送ってくれた新聞の切り抜きを読んでいて、詩人山尾三省氏の次の文章にふと立ち止まり、自分なりの思索の時間をもらった。

「美しさと、深い安堵感とは切り離すことができないものである。美しいものは必ずや深い安堵をもたらし、深い安堵感をもたらすものは、同時に深く美しいものだからである」

〝風呂焚き〟と題するその文章は、山尾氏がこの二十年以上自宅で五右衛門風呂を焚く折の、暗闇を背景にした炎の比類ない美しさを語ったものであったが、〈美しさ〉というとき、私は自然を除くとどうしても好きな古陶磁へと想いが拡がる。

七月のある日、千葉県の市川市へ出かけ、開催されていた詩人の宗左近宇宙展の〝古美術幻妖〟を友人と二人で観た。宗左近氏の蒐集の中心は縄文土器で、それ以外では朝鮮と中国のものが多く、私は自分の嗜好から李朝のやきものを熱心に観た。同じ朝鮮のやきものでも、高麗青磁に代表される磁器は、その品格や完成度の高さゆえの、油断も隙もない冷厳さが私は少し苦手であった。

しかし、その会場の隅に展示された〈高麗青磁玉壷春《ぎょっこしゅん》徳利〉の前に立った折、これはなんという存在だろうと不意打ちを食らったような衝撃を受けた。玉壷春徳利というのは、らっきょう形をした、首がきゅっとすぼまり、肩から底部にかけてゆるやかにふくらんだ形状をもつ徳利のことで、わけてもこれは一升は入る大徳利である。その深々とした首から底部にかけての曲線が、実に優美で安定している。壷総体の個性は、まぎれもなく高麗期の作であるのに、肝心の青磁の上釉が、永年の風化で大半剥落しているのだ。至る所胎土が赤むけになった状態だった。その上、天に向かって開放された上品な口造りが片側に首をかしげたように歪んでいて、その口縁部の三分の一が欠落して、ない。古美術という観点から眺めれば、失敗作の参考品であるだろう。

しかしながら存在というのは、なんと凄いエネルギーに鎮まっているものだろう。古い時代のやきものが、やきものであるということを突き抜けて、高麗という時代さえも振り捨てて、魂だけになって、満身瘦痍の身をこれ以上なく豊饒に晒していた。

窯中での首の歪みは、窯を出て永久に歪みとして固定されてしまったことで、その前に向き合う者を山尾三省さんの書く「安堵感」へとは導いてはくれない。否、そのたたずみはある種の不安感さえもたらしてしまうだろう。そうであるのに、咄嗟に私は、「これは〈詩〉だよね」と、傍らの友に語りかけてしまった。傷み欠けつづけたものに天から賦与される、ポエジーの美とでもいうほかはない何か。かの徳利は、それをまとっていたのである。

この大徳利と同時代、同型の完器が、別のケースに展示されていたが、それは私の目にはただ完器というだけのことであった。欠点たるべき口辺の損失やその傾き、荒々しい磁肌。それらを差し引いても、というより、それらが徳利の上に天災のように降りかぶり、否応もなく備わってしまったことで、詩人宗左近氏のコレクションになったのではなかったか。安堵感とは対極の様相を示しつつ、総体から発する気韻の高さやその響きに、私は山尾さんの書かれた「深い安堵感」を憶える。欠点だらけでも、傷んでいても、どうってことはないんだよ。大徳利からそんな声が聴こえてくる。

ここに、こうして存在することの深い歓びと哀しみ。もしかしたらそのとき、そのように赦されたのは私自身かもしれなかった。じっと見つめていると、いつしかそれは一片のかけらとなり、やがて痕跡も残さず消滅していくという、自然の偉大なる摂理が焙り出されてくる。私たち人間や生物や、生み出されたことごとくのものたちも、時来たれば形あるものなべて天の営みの内に吸収され果てていく。高麗から現代へと時空をまたいでやって来た一本の大徳利に、私はまことの深い安堵の想いを抱いたのだった。

世界は無尽蔵

例えば、一部を残して口縁部がばりばりに欠けている皿。窯の熱に煽られたのか、中央部が盛り上がり、縁全体がへたり込んで表面は平らではない。その上、哀れなほど磁肌一面が細かくあばた状になっていて、永年土中にあったときの土の粒子をしっかりそこにたくわえている。

誰が見ても無残な皿だろう。しかし、目にした瞬間私はこの残欠を抱え込んでしまっていた。

日本で初めて磁器が焼成された頃の、伊万里の遺品。何故人の心を一気に鷲摑みにするようなものが、初期伊万里の破片にはあるのだろう。ろくろを挽き、山呉須《やまごす》（青の染料）で生気溌剌とした山水図を描いてしまったのは、豊臣秀吉に連行された隣国朝鮮の陶工の一人にちがいない。初期伊万里の陶片は、これまでにもいくつか買っていて、磁肌のきわめて美しいものもあるけれど、この皿に関しては水墨画を見るような山水図に私はいたく惹かれた。他の大きな欠点など、問題にならなかった。

皿中央の左側に山の高みが描かれ、その稜線が力強い筆致で右下方へと伸びている。手前の山の背後に、淡い呉須で遠景としての山脈が描かれ、その配置で右側の広々とした余白が海だとわかる。入江になっているのだろう。海である空白部分には、素っ気ないような短い横線がいくつも並んで引かれているが、これはおそらく雁の群れだと思われる。

ただそれだけの絵である。いかにも粗略な図だ。しかし、染付の藍の濃淡といい、大筆の大胆な線描といい、頂上の見えるはずもない樹木や遠景の繊細な筆致も、子どもが描いたような矛盾をはらんで雅味が溢れる。描かれている山脈と、描いていない海と空。そこに何があるというのか。この海は、故国朝鮮につながっているのだろうか。異土に骨を埋めるつもりでろくろを挽き、絵付をする陶工に去来する望郷の念。眼前の山容を描きつつ、そこに郷里の山を想う。

一枚の中皿の内に山があり、描かれていないがゆえになお海と空が存在する。自然界から隔絶された都市に棲む私にも、それら大いなる山水が存在するということを、その伊万里の残欠は示している。私はそれを古箪笥の上にそっと立てかけて、日に幾度となく目をとめる。私自身の源境でもあるそこへ、いつか還り着きたい。

好きな音楽はいろいろあるけれど、例えばラフマニノフの前奏曲嬰ト短調という、演奏時間が三分程の小品がある。同じロシアのピアニスト、ウラジーミル・トロップの『ロシア・ピアノ小品集』というCDのラストに、その曲が入っていた。あまりにも美しいこの曲を、これまでに何度聴いたかしれない。これは音楽と呼ぶものでなく、天上の調べがピアノを借りるとこんな音色になってしまった、という気がするほどだ。

曲の始まりで、慎しくやわらかくかつ激しいトレモロが格調高く鳴りひびくと、新しい景色、新しいコトがこの世界に満ちて動き出して行くのがわかる。そのさなかを、モノローグのような低音の主旋律が、嘆息を鎮めつつ語り継いでいく。

もしかしたらこれは、ひとつの愛の終焉。あるいは、追憶の声。長い歳月に散在する哀歓の、光と影の露われに、すべては瞬くまのものであることをこの小品は気づかせてくれる。「トロイカの鐘の音を思わせる分散和音が響きつづける」と解説書には記されていたが、それはトロイカかもしれないし、トロイカでなくともいいのだ。

ラフマニノフが二十世紀初頭を過ごした地、イワノフカというモスクワの南東約四百キロの地での、肥沃な自然に恵まれた別荘で、かの作曲家は触れつづけた美しい風光を音の譜に写しとらずにはいられなかった。二度と還らぬ日の煌きを永遠のものとするために。

街中の、狭い借家の一隅で、私は見知らぬ広大なロシアの大気の、痛いくらい張りつめた香を吸い込む。そうして、人を愛した日々を憶い出す。私の裡になおとどまる遠い哀しみ。去って行くもの、別れて行くほかないものへ、祈りのように差し出される純一の音色を聴いている。

雪が吹雪いて野面を走り、原野を白一色に染めていく、あの眩い激しい天の営み。ウラジーミル・トロップの硬質で澄明なピアノは、幻の風景を現出させ、溢れほとばしるものの彼方へと、果てしなく魂をいざなって行くのだ。

例えば、と古陶や音楽について書き綴ったが、心惹かれるものは無数にあって（世界はそんなにも無尽蔵で）、それら惹かれるものとの対話が、暮らしなのだと思う。肥大しつづける物質文明に犯された社会の底で、私は目立たぬしごとに乏しい灯りをともす貧者にすぎないが、同居している猫ところげまわって遊ぶだけでも一日はとっぷりと暮れ、その幸福感ははかりしれない。

風を抱く

お茶とは、いったい何なのだろうか。
その店に立ち寄ると、「どうぞ」とまず煎茶でもてなしていただくのだが、このお茶が並ではないのだ。一碗の茶に、いかほどの思念がこもっているのか、いないのか。これは、と思いながら、私はいつも黙って味わう。差し出され、いただきますと頂戴する、その刹那の呼応が真実なのだろう。

朝顔型に開いた小振りの渋い粉引茶碗に、少な目に注がれたお茶をそっと口にふくむと、私はなにか光に打たれたような感覚を覚えてしまう。それは、永い間忘れていた味覚というよりも、人の真髄に触れ得たような、心の底から湧き上がって来るものでいっとき満たされるのである。

さりげなく流しに立ち、亭主みずからが淹れる茶には、淹れ手の魂とでもいうべき抽象が、時間をかけ茶葉をくぐって醸し出されてくるのだ。お茶とその人との間には、雑なる何ものも挟まってくる余地がない。

なんとさりげなく凄いものを、そのこころざしを、主は一人の客に差し出すことができるのだろう。惜し気なく汲んで、海とも山とも知れぬ客に「どうぞ」と渡すそこでの日常に、主の本気を察するよりほかはない。

そんな本気を濁すような、愚かにも私は和菓子など携えて、誤魔化してしまったことが一度ならずあった。店主の淹れる煎茶には、菓子という雅びた形は余分なものであったろう。座興の菓子はいいものだが、邪念のない一碗の茶に憶いをはなち、思わずため息をついて、自分の無粋を恥じた。

お茶というのは、そこまで人格をもつことが可能なのだろう。人格がそこまでの茶を汲み得るのかもしれない。

「ここは、ほっとするなあ」

と言いながら、店に入って来た男性がいた。

何が店内に並べられているというわけではない。紀元前三千年などという、まるで時代の空気のような、見えているのに見えないものをそっとまわりに置いていて、訪れる客人は形の向こうに目をやるばかりだ。亭主は素知らぬ振りをしてお茶を淹れに立つ。

その見事な調和にぼおっとして、店ではない、ここは一つの開示された精神の場であることを知った。破片も裂はしも、そこでは歪曲されない歴史そのもののようにまっとうで、なんと自在に伸び伸びと羽根を拡げているのだろう。見知らぬ地の渇いた土にさわり、その香を嗅ぎ、訪れる者はみな精霊の声を聴く。

早まぼろしのヨルダンで、名の知れない一人の人間がこしらえた花のような鉢。薄い作行の、あたかも少年が鉢のすみっこにもたれてまどろんでいるような、そのほっかりとふところ深い土器に、私は思わず触れてしまっていた。

なんとも掌にあたたかい土の感触、縁に指を当ててその薄さを反芻し、土器が今もなお五千年昔の風を抱いていることに、めくらむ想いがする。一面朱の肌に、灰暗色の焦げが雲のように散っていて、ひときわ土の明るさが匂い立つ。おそらく鉢底のうつろでは、闇でなく、かの時代の光が炸裂しているのだろう。光源はそこであったと、まぶしい陶酔にひとしきり我を忘れた。

その姿は、円を半分に割ったのに似て、やや端反りの口辺の外側に小さい穴を一列に押し、ところどころ土が突起するように盛り上がった部分があるだけの、ごく簡素な装飾だった。

じっと見ていると、土器のうちそとには、天体に拓ける星雲が無限界を示して懸かっているように思える。そのもとで、万物の生き死にを受容してやすらいでいる大地。きっとそこが、ヨルダン。地図帳をもたない私には、なぜかそう思われた。

そんなはるけき昔にも人がいて、春夏秋冬、愛別離苦の手で土をこね、神への捧げ物や、日常の器を作っていたというのだ。心を澄ませば伝わってくる土の響きは、人の響きにほかならない。それは、この店の主自身の響きであり、声であり、眠っているばかりであった過去の私の掠れた声でもあるだろう。

私はふと椅子に坐り直して、再び汲んでもらった煎茶碗を抱きしめるようにもろ手に享けた。掌に直かにくる温みの優しさをしばらく娯しみ、それから、口中に広がる円熟のお茶に救われてゆく。まだ生きてゆける、なぜかしら私にはそんな感慨が湧いてならなかった。

鈴鳴らすひと

呼びかける声

声というもの

人の声とは、何なのだろう。

声が、身体から離れてゆくとき、声はこの身のずっと奥にひそんでいるものを取り出し、外部へと放出しようとするのだろうか。いまだ自分自身さえ気づかない深みに、存在している何ものかを。ごく稀に、自分の発した声にはっと立ち止まる心地のすることがあるのは、気づかなかったそれと、対面してしまうからかもしれない。

声は、音声にのぼると、どことなし微妙に心とずれてしまうことがある。およそ心と裏腹になってしまうときもある。声というものは、一方的に虚偽を語る素地もあるのか。発してから、そんなはずではなかったとみずからの声に打ちのめされる日もあって、ことに若年時は、声が内在させているその複雑な資質に翻弄されてばかりいた。声を発すること、その声で他者に何かを伝達することがひどく空しかった記憶がある。外へ出ていく声と、精神とが常時一致しているなら、語るということはどんなに爽快なことだろう。摑みどころのない声に、どんなに信頼がおけるだろう。

声は、健康状態や心理状態、知性や品性、その人の思想のようなものまで感じさせてくれる。そのせいか私は自分が話すよりも、人の語るのを聴いている方が好きだ。声の体温や、風土を立ちのぼらせる声質、声の内なる機微に触れると、人間存在の懐かしさのようなものに包まれる。かつて、誰もが母親の胎内にいたときの、絶対の安心に浸っているような、人の声というものの、ふところ深いその在り処。

小学校の二年生の頃だったと思うが、クラスメートの男の子から「おまえ、変な声やな」と、まじまじと正面から指摘されたことがあった。自分の「変な声」がどういう声であるのか、他の子とどう違っているのか何もわからないままに、深く私は傷ついた。けれども、その事件は喋っておしまいだった自分の話し方や声に、その日を境に他者と自己との異なりとして、それぞれの響きを聴きとろうとする幼ないなりの耳をもたらしてくれたように思う。

しかし、〈私は声が悪いのだ〉という、幼年期に刻まれたコンプレックスを克服するのは容易ではなかった。その子の名前も顔も忘れたが、「変な声やな」の言葉は、今も消えない。人の前で詩の朗読をするとき、ふと耳のどこかの隅からその言葉が目覚めて、やっぱり変な声、と客席のどこかにいるもう一人の自分の言っているのが聴こえてくる。

呼びかける声

その昔、といっても私が保母という仕事に就いていたころ、「保育者は、美しい深い声で語りかけられる人間でなければ」という、つよい信念を持っていた。しかし、当時の私はまだ二十歳前後の小娘で、最初からそんな信念を抱いていたわけではなかった。乳幼児と接し始めた時期に、天啓のようにその希いが未熟な自分に降りてきた。およそ世間知らずで傲慢だった私に、生まれてまもない子らがいきなりこの世の真実へと連れ出してくれたのだ。保育という仕事はあの時代、私にそんな明るさで始まった。

生後四十三日が経ったころに、保育所という開かれた未知の場と出会う子らは、そこがどんな輝きと歓びに満ちた世界であるかをまだ知らない。保育者の丹念な語りかけや、子ども同士の触れ合いを通して、生命というものが天来内包してきた言霊の領域で、彼らは見事な躍動を見せ始める。あれらの一瞬一瞬を、何十年過ぎたとて私は忘れるわけにはいかない。

路地奥の、陽だまりにあった古い木造平家の一郭で、あの子たち一人びとりが保母である私たち大人に、「美しい深い声」を切望していたのだ。この世に目醒めたばかりの自分たちにこそ、いのちの深みに分け入るまことの声と言葉が要るのだと。いのちといのちが呼応し、響き合うために。まだ見ぬ世界へ、ぎゅっと硬く握りしめた指を差し伸ばすために。これからの時間をかけて、そこへ、その高みへ届いてゆくために。

呼びかける原始の声が保育者から光のように注がれるとき、おそろしく自由な魂である子らは、自らの存在の一切をかけて応え出す。まだ記憶されてはいない人間のコトバも、コトバのその背後に在る何かも、話す私たちの息遣いや、リズムや、わらべうたのリフレインから瞬時に汲み取るすべを、彼らは本能的に携えていた。

大きな藤の乳母車にあの子らを乗せ、ガラガラと、ガラガラと近くの公園や神社に散歩に行くとき、「わあ、きれいだねえ。お花さん。コスモスさん」と立ち止まり、しばし季節の風に吹かれて、道端のそこは晩秋の楽園になった。そうして私があのとき、子らの瞳になっていったのだと思う。蒼く澄んだあの空ほどの深みの奥の。目に映るものは、みな新しかった。生成したての瑞々しさで私に迫った。

ようやく一歩、二歩の歩みをわがものとできた子に従いて、私もすべり台に昇って、すべった。あの初冬の、とがった光の律動。オーオーと見えぬものを全身で抱き寄せる子のように、私もまたオーオーと声を上げ、形を結べぬ哀歓に殆ど泣き出しそうになっていた。子らの目の高さに、まだねこじゃらしや赤まんまが草もみじし、高く見上げた空には白いちぎれ雲がゆるゆると形を変えて過ぎていった。あの神々しい森羅万象の営為が、来る日も来る日も私たちを健やかに包んだ。あれらのことごとくを、子らも私も誰が忘れ得るだろう。

ベッドに寝かされたひとりの乳児の、ぐらんぐらんの首にそおーっと手を回わし入れ、膝に抱きかかえて「ほら、ヒロくん、ミルク飲もうかあ。ゴックン、ゴックンって、飲もうかあ」

私は子らにいつも歌っていたような気がする。この身のいずこからか湧き立つ声で、無量無辺の魂に向かって。いとけなき子らもまた、喃語の限りの音声で、私に語りかけ歌いつづけてきたのだ。歌とは、そのようにおのずから響き出すいのちの音色であるのだと、いまだ不明なる者へ告げてやまない。

あの幼い、生まれたてのやわらかな体と魂を、私のこの二本の腕が明晰に憶えている。あのまるい頬のふくらみと、それに触れた瞬間の指のなごみを。ぽやぽやの髪に匂い立つ陽なたの香の安けささえも。

過労に倒れ臥し、子らの前から敗者のように立ち去らねばならなかった苦しい日々。わが胎《はら》をいためて子を育んでこなかった私の歳月に、あの子らは今も何ごとかをことづける。詩を音声に乗せて読む私の営みへ、杳い杳い彼らの穢れしらぬ喃語が共鳴してくる。私の声は、愚かしくもそこから生じて、育まれてきたのだと、今ごろになってようやくに知った。

瞼の内側で

『詩の時間』の折の写真を送って頂き、有難うございました。初めてTさんと二人で企画した詩の朗読とおはなしの会でしたが、定員をはるかに超える大勢の人々が、寒い夜に集《つど》ってくれました。

頂戴した中に、瞼を伏せた私自身の写真が一枚まじっていて、あっと手が止まりました。あなたはこんな瞬間を、偶然にせよ撮っていてくださったのでした。

その中の私は、首を傾けがちに目を閉じ、壁面に軽くもたれかかって佇っています。それは、単に目を閉じたという顔ではありませんでした。ライトが眩しくて瞳を伏せたわけでもなく、疲れたのでもない。時が止まったかのような時間の流れに、その一瞬こんな表情を泛かべて佇ってしまったのですね。当時者である私は、自分の所作をつまびらかには憶えていません。

ただ初め、緊張のため上がって声がひどくもつれました。短時間でしたけれど、(上がってしまうことをある程度予測していたとはいえ）つらい記憶として澱のように胸にたまり、尾を曳きました。

いったい私は『詩の時間』と名づけたそこで、何を夢見たかったのでしょう。ギャラリーの空間は、徐々に増え始めた人々の熱気のようなものでふくらみ、〈予感〉で一杯になっていました。私やTさんは、そんな熱さのただ中を、音声を媒体にして紡ぎ合える何かを手探りしたかったのでしたが、上がって我を忘れてしまっては夢は遠のくばかり、切なさで喉元が締めつけられるようでした。

〈詩〉を声という音声に托して、他者の前に自在に放つこと。私たちと聴き手との間に存在する、何かが凝集した密度濃い空間で、立体化された〈詩〉がおのずから音叉のように響き合うこと。成就したとき、泪のような輝きが私たちに生じるはずでしたが、ことに経験のない私には、それはなんと至難の時間だったことでしょう。

そんな苦悩を噛みつづけていたとき、あなたによってこの一枚の写真が届けられました。

それゆえに、あっと思ってしまっても赦されますね。束の間にせよ〈詩〉という果てしない世界の中へ、その奥処へ分け入ったわが影が、紛れもなくそこには刻まれていたのでしたから。「神は細部に宿りたまう」と生前哲学者の久野収は言ったそうですが、むろんわが音声の、遠い細部に〈神〉が宿ったわけでなく、その日私が朗読した詩人たちの詩の中枢部へ、〈神〉はある瞬間宿りたもうたのだと信じさせてくれたのでした。

もしかしたらあの日、私自身が上がってしまうこともなく順調に朗読できていたとしたら、大変こわいことですが、自己陶酔というおそろしく貧しい領域へ、没入しかねなかったとも思われます。

詩の朗読会場に、初々しくひそやかに、かつ大胆に満ち渡るのはどんな時もただひとつ、〈詩〉だけなのだということ。その詩の内容をより適確に他者へ伝達するために、声が在るということ。その単純な真実を、苦く切なくも幾度となく思い返したいと希ったことでした。

詩の朗読会にて

最近二つの詩の朗読会に参加した。そこで、詩人の赤木三郎の朗読に私はいたく感動した。自作の長篇詩〝秋のジザベル〟をピアノとのセッションで彼は読んだが、今もあのラストの「さようなら」が耳から消えない。

なんと愛《かな》しい、なんと痛く明るい「さようなら」を、赤木は静かに私たちの前の虚空にこぼして行ったのだろう。その言葉のもつ光も、しんとしたさざめきも、慄えも、愛も、慈しみも、絶望も含んで、寂かに声を発したのだったろう。それは詩人そのひとの胸底で決意された「さようなら」であったし、不特定多数である私たちの「さようなら」でもあったのだと思う。

朗読が終っても、詩は終らなかった。会場にいた一人ひとりに遠い響きとなって還って来た。終ったところから始まってゆく、いのちの鳴りとでもいうほかないかそけきものを、私たちは聴いた。あの、言霊《ことだま》の切なる時間。

多くは活字で目読される詩が、声というもうひとつの深みと合体するとき、活字上に未だ現われ出なかった〝核〟のようなものを垣間見せ、体温のぬくもりの内に総体を泛かび上がらせる。

声の、その途方もなさ。形にならぬ目にも見えぬ部分で、声にはそれを語るひとの人生が加味されてくるのだろう。

詩の朗読は、その内容におもねるのではなく、演じるのでもない。演じないでいて、聴く側の思いの裏にさらなる闇を現出させ、さらなる秋の陽ざしを降り注ぐ。

遠い声

赤木三郎は、四十年ほど前から詩の朗読にとり組んできた詩人である。二十年近い中断ののち、去年朗読を再開した。そんなベテランによる朗読とはどういうものか、一年前の夏の日、私は赤木の初めての声を待っていた。

そこへ届いたのは、こちらの予測を裏切る遠い声だった。未知の地平から届いてくるそれは自然で、ひそやかで、淡々としていた。詩の内容を伝えることに配慮された静謐な読み方だった。活字になった詩を音声にしながら、活字には表われようのない言葉の奥の繊細で複雑な感情が、赤木の声には含まれていた。

なんという朗読だろうと思った。気負いも自己陶酔もパフォーマンスも無縁だった。声質は乾いているのに温かみがあるのだ。私は永年朗読に関心を抱きつづけてきたが、赤木のような声に出会ったことがなかった。

「赤木さんの朗読は、〈間《ま》〉が深いですね」

そう言った人がいた。その〈間〉は、赤木が歳月に培い、獲得してきた秘宝だろうと思う。声と声との、言葉と言葉との継ぎ目の、目立たぬ無音のちいさな場所。しかし、詩〈魂〉が導き出した深い場所である。そこに、見えない、聴こえてこない赤木三郎が、いる。

朗読における〈間〉が意味をもって立ち上がるとき、聴く側の私たちをも照らし返す作用をする。一瞬だったとしても、照らし出された私たちは、そこで自己の内的世界と出会うのだ。それは、時と場を共有した者にもたらされる幸福というものだろう。

音声と〈間〉によって、詩の中身を伝達すること。朗読は、いわばそれだけのことだ。それだけのことだが、限られた時間に読み手の人としての側面も奥行も表出してしまう。声というもののこわいところであろう。

在るような無いような赤木三郎の響きは、どこまでも澄明で、川のようにすずしく流れて行く。行って、やがて私たちの耳に静かに戻って来る。それを、遠い声と私は呼ぶ。

花は紅の点々をこぼし

出かけようとして玄関の鍵をかけていると、ふと気配、というほどでもない何かのようすが生じて、何気なし私自身の視線は戸口の足もとに散った。竹の密生する根元に、水引草の葉が大きく茂っていて、その先端部分がほつほつと光ったのだ。

もう、咲いている……。紅い粒々の穂となった、今年の水引草。小さいちいさい花とも思われぬ点々の穂草。すうっと伸びて、まだ揺れることもしらない。最初の花を目にすると（いつもそうであったように）はっとして、胸の内がすこしさざ波立つ。

私はこの花と出会うたびに、自分の中で誰に知られることもなく灯っている存在を憶う。三十年、百年と憶いはつづいてゆき、千年はまたたくまに過ぎた。億年経とうと、内側で私をなお無辺へ照らすひと。

やがて時は行き、時は暮れ、灯っていたことも忘れていつしか消え果てるのだろう。水引草の今日咲き初めた花。私がまばたきするまに、花はどこかが疼くような紅の点々をこぼしてゆく。

詩の朗読、と思うとき、永年わが身深くうずもれてあった未生の声へ、水引草のようなものが灯っていったのが見える。

哲学も思慮も、そして何の訓練もない、痩せた乏しい音声を、そのように赦し、照らしつづけているもの。ゆえに、生まれてゆかねばならなかった。新しくさらに新しく、ひとつの存在、ひとつの魂として。声が響いてゆくその真実に、草の花が灯っているのだ。

白い花

途方もなく疲れている日。こたつでぱらぱらと岸田衿子の詩集を拾い読みしていて、ある頁で突然、ほんとうに突然、泪がぼわっと溢れ出た。なんということだろう。

白い花
それは
木の思い出？
わたしの思い出？

（〝白い花〟全文）

数えても僅か二十文字しかない短い詩に、思いがけず杳い記憶が明滅した。私自身に、花の思い出はなにもなかった。花となり、野辺を生きるしかない日々が存在した。ただ折々に、白い花が咲いた。山桜であったり、白山吹だったりした。ひとたび死んでなお生きた、わが遠景が現前する。

二〇〇〇年二月六日。初めて大きな詩の朗読の舞台に立った。詩人と二人。寂かに時は流れ、舞台をおりた。そこを抜け出た私たちに差し出される薔薇の花。どれか一輪を、と言われて、何の逡巡もなくひとは白の薔薇を選んだ。その高貴な寂寞の白は、なんと詩人にふさわしかったろう。真紅や黄や薄紫でなく、色であることを拒んだ、意志の白。

舞台を去った後、ひとの深い沈黙のコトバが、そこで白い花になった。しかしセロファンに透けたあの一輪の行方は、もうしれない。

日は過ぎ去り、私たちも過ぎ去った。何のあともとどめない瞳に、〝思い出〟が咲くだろうか。白い花が咲き、散って、薔薇の木自身が思い出すだろうか。

愛《かな》しみの声

二〇〇〇年の二月六日が、過ぎてしまった。あの夕べの、静謐な山の湧水のようだったマリンバの音色。ハンドベルは、渇いて明度に透ける音を鳴らし、私たちの耳に一つずつ灯りをともして行った。

「まさに魂のうたでしたね」

届いたばかりの友人の手紙に照らし出されて、ふっと私は何かを取り戻す。

さっき、陽の線路端で手折ったクコの、ルビーの紅い耳飾りに似た実の、きらめき。けれども、もうそれさえ杳い。何かが過ぎ去って行くときの、見送ってしまうかなしみは、いつだって悲しみではなく、愛《かな》しみとして沈潜した。この二、三日、そんな憶いの内に過ごした。

その朝。わが家の梅が二、三輪ほころんだ。梅が咲いている、そう思って木の所に何度も行き、高みを見上げる。

一月の下旬から、何をというのでもなく、待つ想いだけがふくらんでいた。待っている時間の密度のようなものが、私の精神を保っていたのだろうと思う。そのようにして、二月六日がやって来た。そこに梅が開花した。見上げれば際限のない大空を、そっと慎ましく切り取るようにして、どこまでも白く浄らかに咲いている。

街外れにある小ホールの、小さな舞台。その片隅に立つ。生まれて初めての体験だった。梅が咲いている、そう思いながら会場まで電車とバスを乗り継いだ。それは、私自身の幾分騒がしかった胸をどんなに鎮めたことだろう。曇天の夕刻まえだったが、自分の内に射している光を感じながらバスに揺られた。それから、前日の暮れ方に出逢った白鷺の、雄渾な飛翔からほとばしる光かとも思えた。

あのまぶしい光芒の、遠景。周辺の薄汚れた街並みを激しく蹴って、大きく大きく羽搏き、清爽と点になって行った白光の鳥の影。黄昏れてゆく世界のうす暗がりで、私は浮遊していた自分を引き寄せる。貧困な言葉（詩）は日々胸にあり、そこから始めるほかないことに気づいていた。

客席の灯が消え、私は会場の虚空に自在の闇を発見する。闇の厚みに護られ、支えられているのは、詩を読む者の貧しさだろう。紆余曲折の日々を抜けて、いきなり舞台上に拓ける無心のマリンバや鐘や鈴の響き。黙契のごとく私たちの声を包んで、放った。

神は、いたのだろう。その闇の輝きの内に。私はそれを信じた。共演者である赤木三郎の、疲労の極みで傷んでいた声が、徐々に生彩を帯び始める。渋く、やわらかく、毅然として。さらに深く。声とはそのように、魂の形で放たれてゆくのだ。

中村詩子のマリンバをはさみ、舞台の端と端にいて、私は蘇ってゆく彼の魂のすがたをその音声に聴いていた。声の無限を、そこに聴いた。とおい所から生まれ出て、私たち一人ひとりの胸に直かに沁み通って行ったのを。

その日の声は、赤木自身に内在する声質から僅かながら距離のあるものだったけれど、（彼の声って普段はもっと澄んでいるんだよ、という友人の指摘に頷きつつ）しかし、それも赤木の内なる魂の形を成していたものだったのだと、今はわかる。そこに、光が新たに加わったのだ。

あの時あの瞬間に、詩を生き、詩を燃焼することでさらに新しく生じていった声の深みを、私は忘れないだろう。やがてその声も、過ぎて行く。あの初めての舞台の日が、こうして過ぎて行ったように。

私はいづこともなく湧きたつ愛しみに身をゆだねて、頬杖をつき、今日の夕光に墨いろに染め出されながら、窓辺の椅子で〈声の無限〉を憶っている。

鈴鳴らすひと

外は雨

秘密の場所

私はこの十年来、〈秘密の場所〉を持っている。誰もがそこの脇を通って行く。けれども、それが私の〈秘密の場所〉とは誰一人知らない。

幸か不幸か、その場所は私のものではない。誰のものか知らないし、知ろうとも思わなかった。

そこに佇つとき、初めてのように「ここだったんだ」と、私は思う。佇つたびに、そう思う。そして、そのことを私はこれまで誰かに話したりはしなかった。

ただそこへ、いきなり連れて行こうと思った人が、いた。でも、無理だろう。その人が私と道を歩くわけはなかった。

梅が咲き始めていた。何処よりも遅く、遅れてしまったことで何処よりも白く、咲き出したことを世間にはまだ秘している、というようなひそまりかたで咲いていた。大気を抹殺しながら、真横を渋滞の車輌が延々とつながっていた。

古くからそこに棲む梅は、「そんなこともありましたよ」と苦い呼吸にむせんで呟いた。あなたが守ってきたのでしたね。あなたを守ってきたものもありましたね。老婆のような梅を振り仰いで応えた。

そこは、あたかも大地の内から生えてしまったというような六坪ほどの苔の庭だった。終日雨戸を引いた不住の家に、だが、不住のすさみは見当たらなかった。見えない人が棲んでいるのだろう。庭の隅で、皺ぶれた頑固な手が時折動いているようだった。木目の硬く浮き出た雨戸が、主のふりをして目を光らせていた。雨戸の中は縁側で、白い障子がまぶしく立てられているにちがいなかった。

一軒の、簡素な平家。艶消しの黒で葺かれた清涼な屋根。その傾斜がはっとするほど美しい。尼寺か、庵かと思わせて、そのたたずまいはこの近辺には見かけないものだった。庭まわりに塀はなく、山吹の茂みが垣根のように、垣根ほどの形さえも成さず、自由に晴れ晴れとその家を包んでいた。四月も終りになって、黄の炎を噴き上げ花が咲いても、誰もそこだとは気づかなかった。

私は年ごとの花に埋もれて、そこに佇った。ね、ちょっと来て。並んで見上げ、それから蕾をつけ始めた山吹の群がる枝へもぐり込むように、人の背を押した。午後の木洩れ陽が苔や土に散り、雨戸を明るく染め出していた。

あれは、〈夢〉だったのだろうか。四十雀がツッピン、ツッピンと鳴いていたが、枇杷の実生の苗が、人のかたわらで背伸びするようにきらめいていたが、ふと後ずさりすると誰もいなかった。花を去らせたあとの寡黙な梅が、すこし身じろぎをして、それから「なにもなかったのですよ」とひとこと呟いたようだった。

外は雨

ペンを持っている私の前に（こたつの上に）、猫のはなが海老のような恰好で眠っている。外は雨。ほたほたと静かに屋根を打ち、軒を打って春の冷たい雨が降りつづいている。

こたつの横の丸ストーブには、朝から豆を煮る鍋がかかったままだ。小さなこの借家に満ちていく、つつましい豆の匂い。時折差し水をして四、五時間、ふくふくと豆が煮上がるまで私はこの部屋から動けない。熟睡しているはなの黒い手をいじくっていると、いつのまにかひとりでに笑みがこぼれてくる。私はこういうなんでもない時間が、本当に好きだ。

どこかの樹上でひよどりが甲高い声を発して、〝なわばり宣言〟をしている。隣地に立つ白木蓮は、この雨に傷んではいないだろうか。私の待つ心が熟さぬうちに、早々と空を白く眩しく染めて一斉に咲き出してしまった。そんなにも急いで咲き満ち、そのあと何処へ行ってしまうのか。途方に暮れる思いで、何度も樹に近づいて行く。

「ほら白木蓮、凄いでしょ」

花は殆ど知らなくて、という友に、私は高みを指差して見上げた。ああ、ほんとだね、と道端で二人して空を仰いだ。おそらく友はそれきり花のことは忘れてしまうだろう。けれども、雄壮な姿で空の一角を占めたあの気高い白木蓮の影は、意識のどこかに沈潜するにちがいない。花は私たちの日常の、そんな近い所にいてくれるのだ。

降り仰げば、天の言葉が韻々と降ってくる。

天の花々

窓際の椅子に坐ると、硝子戸の外に山桜の花びらの散っているのが目に入る。踏み石の上に白く点々と散り落ちた花弁は、少しの間《ま》、息をひそめるようにじっとしている。それから、蒼ざめながら縮んで薄く丸まって、どこかへ消え去って行く。光が射すと、すーっと透けてそのまま天に吸われて見えなくなってしまうのだろうか。雪に似て痕跡も残さない。山桜の花の行く先は、私にはなぜだかこの世ではない処にあるように思える。

わが家の桜は、哀れを誘う痛々しいばかりの細い木で、玄関脇の通路に、竹に四方をはさまれた恰好で立っている。そうして十数年が過ぎてしまった。

「桜を待つ心が熟さない中に、花が開いてしまいました」

昨日、友人からそんな書き出しの手紙が届いた。友人のいう桜は、やわらかく華やかに開花する染井吉野を指すのだろう。近頃の私には、その華やかさが少し眩しい。薄紅の花を見ていると、打ち沈んでいた自分の貧しさが露わになる。

それでも染井吉野が咲き出すと、呼ばれでもしたように花の通りを歩いて行く。ちょうど満開を越え、いっせいに散りかかる頃、用あって近所の六所神社の川沿いを幾度か往来した。ガードをくぐり抜けると、もうそこは桜の園である。息が止まるかと思うほどの花々が枝に満ち、すれ違う人も桜いろの頬をしてゆるやかに歩いている。人はみな花の下では〈優しさ〉をとり戻していくのだと思えた。

神社の境内の一郭は小公園になっていて、ジャングルジムや鉄棒、ブランコにも花びらは降り注ぎ、公園一面が花弁に埋め尽されている。その場に茫然と立ち竦み、桜がはなつ気に包まれていった。

五、六才の少女と母親が、ブランコの所で語り合っていて、それさえも夢幻のできごとのようだった。ひよどりの声だけが、あたりのやわらかい気を破って鋭利にとどろく。仰げば、ものくるおしい天の花々。

「大島桜の原生林ですよ。観にいらっしゃい」

日本画家の矢谷長治先生に誘われて何年にもなるのに、この春も仕事が重なり伊豆の地へ出かけられなかった。

その大島桜を観に行った編集者から、直後に電話をもらったことがある。

「あんな桜を初めて観ました。一人だったら、泣き出していたかもしれません……」

想いをためた静かな声を耳にしていると、私の心が桜を求めていずこともなくさまよい出ていくような気がした。

あの桜を観てしまうと、あとのことが、何か人生観のようなものが変わってしまう気がするんです、とその人は言った。そうなのだろう。大島桜の原生林に逢うとは、そういうことなのだろう。それ故に、矢谷先生は観にいらっしゃいと、私に厳しく温かく声をかけてくださったのだ。

これまでの一切を、来し方のすべてを振り切ってでも、そこに向かっていきたい何かが見える、というのだろうか。白い白い花びらの、無数に重なり交差した枝々の、その先。桜の山が宇宙のエネルギーと引き合い、さざめき合い合体する幻の景が私の前に現出する。

とてつもないもののただ中にいて、護られている生命の輝きを想う。

矢谷先生はその大島桜を八十年観つづけてきたというのだ。桜を生き、桜を呼吸しつづけてきたというのだ。

私はわが家の山桜を観ている。陽射しを求めて幹は歪曲し、天空へ痩身を差し出す切ない木である。わが身を見るような、無残な姿の木である。それでも、私は木の傍らに立って、何度もその高みを見上げる。咲く前から幹を撫で、通りで振り返っては木を仰ぐ。

先日、四月に入ったというのに、夜になってみぞれのような薄い雪が降った。窓を明けると、さあーっと通路の上が白いもので覆われていくのが見えた。咲き出したばかりの桜が、冥い空から雪になって降って来た、と私には思えた。

花の風

ついこの前梅が散ったと思っていたら、桜がはや爛漫と咲いている。梅のころ、私はいっしんに梅を想い詰めていたのだ。外から戻ってきたはな（猫）の細長い尻尾にもその白い花弁が貼り付いていて、降りしきる花にまみれてゆく小屋での日常が、とりわけ愛しかった。

あれから大空に屹立して、白木蓮が咲いた。しかし、何故かどこの花も例年より小振りだ。

「白木蓮を見上げていると、自分の内の白い炎に会う心地がする」と、友人への便りにしたためたことさえ、懼れに慄えている無垢な花の前では空しかった。

たちまちに時は桜へと移って行った。

「まずは、桜湯をどうぞ」

ひとに差し出す飲み物の初めを、塩漬けにした桜でもてなしたかった。塩まみれの八重の桜は、青梅に棲む友が、去年摘み取ってくれたものだ。びっしりと詰められたビニール袋から出して、ももいろにさざめく艶麗な花を、ガラス瓶に粗塩で埋めていく。その塩の眠りから一年近い時間が経過していた。千切れぬように一輪ごと掘り出してつまみ上げ、塩を払って熱湯に浮かす。ぷんと、いにしえの香がした。花よりも、花の香がした。

みずからを消すように、塩の夢の中で薄れた桜自身の色は、だがしかし、薄鼠色より幾分桜色が残っていて、花自身さえ気づかぬほどの仄めきだった。それを、私たちは花びらごと飲むのだ。

並んで歩く道の、ガード下を行けば、いきなり染井吉野の花園が拓けた。風が吹いていた。花が風を呼んで、吹雪いていたのかもしれなかった。前後左右もなく、激しくかつ緩やかにその流動の空の中を。吹き溜ったあたりの地を淡い色で染め、それから向こうの世へさざ波立って走って行く。

これは、すでに天界の花。人は誰もここで天の花に逢う。りんりんとも音立てず、清爽と駆け去って行く。還って行く。吹き溜りに手を差し入れて、薄い冷んやりした花びらを掬う。意味もなく、花びらに触れていたかった。幼な子の仕草のように掬って散らし、掬って散らし、光に透かした。ひとが歩けばいっせいに花弁が騒ぎ、影を追った。

私はうすうすと自分を浸してゆくカナシミに気づいていた。花の風に吹き寄せられていたのは、愚かな我であった。

伊豆の山中で白いしろい大島桜を見たのは、まだ去年のことだ。ながい間、あれは夢かと思っていたが、この世の夢の桜に吹かれてきたのだ。折からの雨に、桜は一層遠去かってけぶった。野点てのお茶を喫み、即席に切った竹の杯で酒を酌み交わした。夢幻としか言いようのない、あの、一刻。搗きたてのすこやかな蓬餅も旨かった。私は生きて、まだいくたびの花に逢うのだろう。途方もない壮大な時の渦中の、一片の軽い花びらほどもないカナシミなど、吹雪けば霞んで無となりゆくのが、見える。

白山吹が咲くと

西陽が斜めに射し込む通路際に、今年も白山吹が二つ、三つと咲き出した。対生になった葉の先に薄い花弁が四枚、素気ないほどの地味な小花だけれど、私はこの花が咲き出すと、なぜだか自分の心がその木の辺りにさまよい出てくるように思える。

私自身の想いが細い枝先にそっと止まって、微かな風に揺れている。春から徐々に初夏へとその彩りを変えていこうとする時節の、たゆたう魂の形をした花。そう思ってしまうのはなぜだろう。

十センチばかりの実生の苗を、Ｔさんに差し上げてから五、六年経った。Ｔさんの庭ですこやかに育って、今では驚くほどの花の数なのだという。

「白山吹が咲くと、ああ、萠さんに会えたって思うんです」

彼女から時折そんな花便りが届く。四方に生い繁ったTさんの庭の伸びやかな花々と、わが庭に咲く小振りの寂然たる花とは、およそ別の風趣を醸しているだろう。庭隅の、痩せた花の前で立ち止まり、私はその淡いクリーム色の花芯を覗き込む。ひそと吐息を洩らしたような、ものを想い見ているような白い花の前で、ふと遠い瞳を憶い出す。

二年前の早春に、房総半島の山中に在るミュージアムａｓ ｉｔ ｉｓの庭へ、私は一本の枯れ枯れの白山吹を移植した。その木は、年々増え続ける竹の陰になって、花も付かず、朽ちるばかりになっていたもので、大げさにいうならば起死回生を希っての移植だった。

土が合ったのか、その地では見事に蘇生して、びっしり花を咲かせているという。まだ開花期に往き合ったことはないけれど、この庭の小さな花に逢うとき、ああ、ａｓ ｉｔ ｉｓの白山吹が咲いている、と想う。そこでは、病い癒えた人のように、ほうっと安堵して、朗らかに花を付けているのだろう。

木の前に腰をおとし、ほうけたように陶然と白い蝶のような花を見ている。花も、私を見ているだろうか。そうして、いつしか憧れの形について思念を広げている自分に気づくのだ。

垣根の木槿

木槿。それも白一色のひとえの木槿の花は、同じ白でも木蓮のように花弁に厚みがないせいか、高貴というよりも清楚、どこかりりしい青年の趣きがある。

わが家の木槿は、白の花弁の底部に紅を溶かし込んだもので、純白小振りの、あのひっそりした清涼な木槿は身近ながら憧れの花であった。

生協に買い物に行く道すがら、三軒長屋の道路側の垣根が一面白木槿で、盛夏の暑い陽ざかりにそこを通りかかるとほっとした。あまり陽の高くない午前中などには、白い露を泛かべた清澄な一輪もあって、思わず手折りそうになる。一日花だから手折ってもしょうがないのよと自分に言い聞かせ、それでも欲しいなあなどと、胸の裡に逡巡する思いが湧いた。立ち止まって花に対面し、しみじみと花を見る。花は淡々とただ咲いていた。端正に、律気に咲いて、それから美しく身をたたみ、落花した。

いつものように買い物の帰路、そこの手前を沢山の荷物を下げて歩いていると、向こうから六十年輩の小柄な男性がゴム草履をつっかけて歩いて来るのに往き会った。垣根の辺ですれ違うかなと思っていたら、その人はなんでもない素振りで木槿に手を伸ばし、一枝手折り取ってから踵を返してもと来た道を行ってしまった。

あれはいったい何だったんだろうと、あとになって思い返されてくる。

もしかしたらその人も、白い花の、何か魔性のものに痺れてしまったのかもしれない。目前にいた私の影など、微塵も見えてはいないようだった。持ち帰った花をその人は器にどのように挿したのだろう。夕闇迫るころ、早々と花弁を閉ざしてゆく花の様子に、どう彼は立ち会ったのか。よそごとの景色ながら、見えない残像が私の中で尾を曳いた。

このまえ四、五日振りに通りかかったら、古い長屋は取壊しの最中で、生垣の木は一本残らず姿をとどめてはいなかった。かつての夏の日の、あの年輩の男性が手折って行った白木槿の花が、私の目の奥に咲いたままだ。

花なる人

秋も深まりかけた頃、友人のMさんから自宅の庭で穫れたというむかご（山芋の葉のつけ根になる腋芽《えきが》）を少し戴いた。ビニール袋の中でそれぞれ大小ありながらも、ころころと太っているようなのがほほえましい。すぐに塩ゆでにして小鉢に盛り、そのまま夕餉の一品にした。武骨ななりだけれど、噛むと柔らかく、野性の勝った芋の味が一人前にする。むかご御飯にするんですよとMさんは言われたが、我家では単純に湯がくだけである。

今年は私も二度三度と、近所の川の金網に絡んでいる山芋の所に行ってむかごを摘んだ。路地のむかごは、彼女の庭のものより小粒できりっと硬く痩せている。しかし、それもまたいいものだ。

かがんで下から見上げたり、覗き込んだりすると、葉陰にちんまりと黒っぽいものが付いている。指が触れるだけでも落下するので、神妙にそおーっと取っていく。まるまるした大きいのを見つけると、思わずあっと声が出て、その勢いでつい落下させてしまう。そのときむかごは、喜々として草むらに消え去るようだ。

数日前、Mさんの招きで、千葉県の房総山中に在る美術館での川瀬敏郎さんの花会に参加した。その折、すっかり黄葉して優しく凪いだ山芋の葉が、野生の竜胆《りんどう》などと取り合わせて篭風のものに活けられ、実に清々しかったのを憶い出す。

「いいでしょ、芋の葉っぱ」

川瀬さんの気取りのない声が、むかごを口に放り込むと懐かしい歌の一節のようにまだ聴こえてくる。彼は視ただろうか。それとも、鋏を入れる際ぱらぱらと散って、葉蔓だけになってしまっただろうか。しかと葉の裏ぎわについていた、魂のような黒い小粒の結実。

山野に分け入って切られ活けられた、むかごを放下してのちの葉の、黄昏いろのあたたかさ。いいでしょ、と言われなければ、〈花〉とさえ映らなかった。草花を摑んだ川瀬さんの手指から、光芒を曳いた時の流れが現出する。私たちはただ洸然と花なる人を視ていた。

水仙の香り

一枚のモノクロ写真に、衿巻をまいた私が写っている。髪は後方に三つ編みにして、右手に黒のバッグ。大人が四人がかりで手を伸ばしても、まだ届かないだろう欅の巨木の前で、カメラの方を向いて、ただ立っている。

これは私、と漠然と思っているにすぎないが、ほんとうは誰だろう。

ふとそんなふうに疑ってみることが、人にはないだろうか。それが、自分のような気がしているだけで、まことは一度としてこの姿を真正面から視たことがないのだ。そこにいるのは影が写し取られた、いわばもぬけの殻にすぎない。私のような、そうではないような、わけのわからぬ想いが写真をひととき不可解にする。

この女《ひと》の魂は何処へ行ったのだろう。写真から抜け出して、虚しいすがただけが残されてしまった。そんな虚しさを支えるために、幾百年の生をなお滾々と汲み続けている欅が在る。ざらざらのぬくい樹皮にしばらく掌を当てていると、魂が喚び戻されていくような気がする。そうして、初めから初《うぶ》になってやり直せそうな気がする。

年をとってきた。誰もがそうであったように。その上になお年をとるの？　と写真の中の抜け殻が言う。何気なく立っているけれど、必死になって人間であることをこらえているのかもしれない。脆さや危うさが、その細い身を串刺しにしていて。見えるのだ、こうして写真になっていても。

「自分は生まれてくる人間じゃなかった」

遠方に棲む友の手紙の文字に、籠に活けた水仙がふと香り出す。

先日、花屋を営む友人が、麦と合わせて水仙を花束で届けてくれたとき、そのふところで花々はしんとしてまだ眠っているようだった。一輪二輪と、小さな白い顔を仄見せ、すっきりと伸びた長い葉にいだかれて無心に眠っていた花。

――まあ、水仙。この冬初めて見ましたよ。
「開花が遅れて、やっと咲きかけたんです」
両手に受けて顔を近寄せると、甘い香気が頬にふれ、冬生まれの私はこの花が好きだったと改めて想う。そう想えたことで、まだ生きていられる気がした。

秋の一日　ふいに
わけのない悲しみがやってくる
むかし　悲しみにはいつもわけがあった
わけのない怒りはありあまるほどあったが
わけのない悲しみなんてなかった

（〝十月〟より）

先年亡くなった伊藤海彦さんの晩年の詩が、水仙の香のように私の頬を掠めてゆく。生まれてそして、沢山の悲しみに遇って、人はまた生まれる前に戻っていくのだろうか。

「わけのない悲しみ」のような悲しみが、若年の私にもひびわれた無骨な形であった、と想う。

今、「わけのない悲しみ」は、北風に吹きさらされてきしきしと骨のように鳴っている。あのひとには哀しみがなかったのだと、一つの真実に気づいたかのように昔を憶い出すことがある。自らに哀しみをともさぬひとは、他者の哀しみへ想い至ることはないだろう。

夜更けて、意表を衝くように電話のベルが鳴ったので、私は受話器の闇に向かって「わけのない」笑い声を立ててしまった。笑わなければ泣いてしまいそうだったから、思いきり笑った。それから、相手の声をしみじみと聴いた。

丘陵の響き

冬枯れの明るい雑木林を歩く。風のもつれた痕跡というように、落葉がところどころでふかふかに層をなして溜っている。私はその上に、そっとひと足ごと重心を移して、この身を置いて行く。靴の下で、去年の翳のようなものがしゃり、しゃりっと崩れて行ったようだった。それがなんであったかは、わからない。雑木林は、そんな無数の神秘でいつも地表が覆われているのだ。

夕かたの陽が、雲間から洩れて斜めに散っていた。錆色の葉がそれぞれの散華のかたちにやわらかい陽を享け、歩く私の目を優しくする。

風はまだ二月。不意に湧き起こると、白煙を立てて砂は何かの急変を告げるように、丘陵の下方へと一列になって走って行った。いつだって砂は風と、こんなふうに烈しく別れて行くのだろうか。サヨナラ。夢の砂たち。涸いて、どこまでも白く、もはや光そのもののように涸いたまま走って行く。私はそれを欅の傍で見送った。

まもなく待っていたひとはやって来て言うだろう。

「やあ、君はずっとここで遊んでいたの?」

一本の樹のような懐かしい瞳を、私の頭上に注ぐだろう。握りしめていた木の実や木切れを、私は小鼻をふくらませて見せびらかす。この無上の、高遠な丘陵の響きを。それから、いくつもの幹にそっと手を当てたり、翻る葉を不思議そうに仰いだり、切られたばかりの株の所へ来て、一年、二年、三年……と何度も年輪を数え直したりする。そんな一所懸命な私たちの時間に、林の向こう側から黄昏が寄り添ってくるだろう。

けれども、暗い道を帰りながら私はいつかのそのひとのカナシミを、遠い灯のようにふと憶い出す。

「花とか草とか、君に見えているものが、自分には見えない」

「いいえ、私に見えないものを、あなたは見てきたんだわ」

即座に言葉を返しながら、もっと広い遙かなものを、と続けようとして口を噤んだ。声にしてしまったことで、述懐が、さらにひと自身の内側に沈潜して行ったのを、私は受話器に耳を押し当てて聴いていた。受話器の闇に吹いた、一瞬の風。そのふちで、ひとも慄えていたのだ。

春浅い野辺には、去年の立ち枯れの水引草がすがれた穂をまだ黒く差し伸ばしている。これ、みずひきよ、嬉しがって語りかければ、みずひきはあなたの花だね、とうすれゆく虹のようにひとは微笑む。点々と紅をつらねる今年の穂草は、やがて訪れる夏にあえかな彩りをひろげ、あなたの胸をひそやかに明るませるだろう。私はそのとき、一茎のつましい水引草と紛れ、ひとの涼しい足もとで無心に揺れているのだろう。

鈴鳴らすひと

聴こえない歌

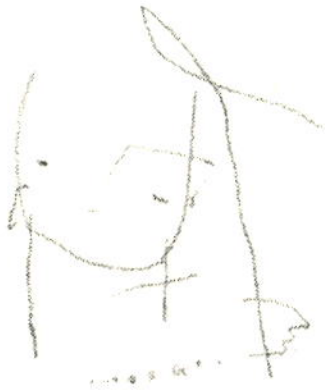

とかげの瞳

隣家との共用通路際に、水引草や金水引、ほととぎすなどが群がって咲いている。部屋に活けようとそれらを切っていて、徒長した木の枝に気づいた。植えたわけではないので、きっと鳥の落とし物なのだろう。葉や枝振りを見ても私には名前が判らない。五、六十センチ程に伸びたその枝に視線を移してはっとした。そこにはなんと可憐な、まるで妖精のような透き通った体のとかげの子どもが寛いでいたのだ。

黒ゴマが一粒貼りついたような点の瞳。黄みどりがかった浅い褐色の細い体。シャープな尾はなんだか一人前だけれど、ぽっちり付いた小さな手足のその可愛らしいこと。すぐ目の前三十センチばかりの距離で、花鋏を動かしている人間にまだ何の警戒心も持ってはいないようだった。きょとんとして私の方を凝っと見つめ、それからそのしなやかな首をかしげるように動かして、反対側を見る。逃げる様子は微塵もなかった。こんな見事な美しい生物が、私たちの暮らしの傍にいることの不思議さに改めて感動する。

二昔も前、とかげの好きなかんちゃんという小学一年生の女の子がいた。

「先生、ほら」

そう言って、そうっとポケットから立派なとかげを取り出して見せてくれたことがあった。

「ちょっと苦手でさわれないの……」

学童保育の指導員をしていた私は、驚いてそう言うと、少年のような短髪が似合うかんちゃんは、ふうーんとさも残念そうなもの足りぬ顔をした。

その後どんな話をしたかは記憶にないが、真剣なかんちゃんの茶色がかった瞳は忘れない。彼女は、なにか一所懸命なところのある子どもだった。

「あたし、とかげと友達なの」

ふっと澄んだ柔らかい声が蘇る。

家の都合で『学童』に来る日が少なかったのを、七歳の幼い心なりに気にしていたのだろう。チラシの紙の裏を使って封筒を作り、みんなで手紙ごっこをしたとき、かんちゃんはこんな手紙を私にくれたことがある。

「せんせい　あんまりあそべなくてごめんね。ちょ（っ）とだけね」

とかげの子のつぶらすぎる瞳の中に、陽なたくさいかんちゃんの丸いおでこが映っている。

蛇よ、遠くへ行けよ

朝方、机に坐ろうとしたとき、近くでカッコウが啼いた。その名の通りカッコウカッコウと二度啼いて、私の耳を慄わせた。

カッコウの、……コウという語尾に当たる部分の、あの空の深みから抜け出てきたような深閑とした響きには、これは夢かもしれないと思わせる何かがある。二年振りに、二年前よりも加速度のついた破壊の街（再開発という名の）に飛来して、それから彼は何処へ飛び去ったのだろうか。森も谷もない、高層ビルのかたわらのまぼろしの樹上で、何故あれほど深い呼気をはなち、静かに静かに啼いたのだろう。はるばるとしたものが一瞬のうちに降りて来て、天の声というものを、私たちのこの俗界にもいっとき届けようとしたのだろうか。

カッコウはもうそれきり啼かなかったが、体中を吹き抜けていったあの声は遠く近くなおもまたたき、私を森の深遠へ誘い込む。

先日、知人から来た手紙に「カッコウの声を聞きながら、終日畑しごとに汗を流しています」とあって、ため息が出た。来る日も来る日も、あの深遠そのもののカッコウの声が、降るように沸き立つように空を染めているのだという。山野で健やかに、勤勉にしごとをしつつ生きる人々に、それはなんという恵みだろう。鳥といういきものの、人間の暮らしと直接的には交差せぬ領域ではあっても、私たちはそれぞれの場でかえがえのない豊かさを与えられているのを思う。

すこし前のことだが、買い物の帰路川沿いの道を歩いていると、その道の先の方に、野鳥たちが餌らしきものをさかんに啄んで群がっているのが見えた。雀が大勢で、一羽だけ小さな椋鳥がまじっていた。尾を振りながらヨチヨチ歩いている椋鳥の愛らしいこと。

川に懸かる防護用の金網と、片側に建つマンションの金網との間は、二メートルもない小道である。そこに群がっている小鳥たちを脅かさずにその横を通るすべはないものかと、私はそおーっとそおーっと足音をしのばせて歩いた。細心の注意を払って歩いたつもりだったけれど、鳥たちは野生の敏捷さでぱあーっと四散してしまった。

私はそのとき、彼らたちの横を通るというよりも、子どもみたいになんだか沢山の雀や椋鳥に囲まれて、いっとき恍惚としてみたかったのだ。鳥たちのまん中に立ち、微笑んでみたかったのだ。自分がニンゲンであることを、束の間忘れて。

しかし、ゆきずりの野鳥にはなかなか私の心が伝わらない。いつかまたそんな他愛のない遊びをしてみよう。鳥たちの間で、はっと気づくと、自分も背に羽根の生えた一羽の鳥となっている……。


普段家にこもってしごとをしているので、外へ出ると樹木や草花、鳥などの野生のいきものに視線が向かってしまう。人間よりもたぶんに野に生きるものが好きだ。彼らは自然そのものであり、神秘に満ちた営みを折々私たちへ差し出してくれる。蛇でさえも、私には興味が尽きない。

わが家のめめ（猫）に悪戯されようとして、尻尾で落葉を叩き、怒っていた体の長いあの子は、無事に逃げただろうか。茶色の穏やかな静かな眸をもつ縞蛇（たぶん）の来訪に、私は目を点にして驚愕したけれど、しかしまだ蛇が長い身をひそませてゆく草むらや川が、この街に僅かなりと残されている証しとしてすこし嬉しかった。

おそらく伸ばせば体長一メートル以上、体の太さは三、四センチの蛇の子と、めめと私とが三つどもえで睨み合ったとき、さすがの私も途方に暮れた。蛇といえど、六キロもある猫の爪や牙にはかなわないだろう。ともかくこの珍客を逃がさなくてはと、柄の付いた箒で向こうへ押しやろうとすると、蛇は身の危険を察知して赤い糸のような舌を出し、一瞬という素速さで箒に飛びかかってきた。そうして、再び別人かと思える静けさで、尻尾だけをピリピリ慄わせつつ竹の根元に坐っている。長期戦になりそうなので私も台所の方へ立って行き、また戻って来たら誰もいなかった。慌てて通路にいるめめを見つけ、ダンボールの束ねたのやポリバケツが置いてある隅の方で、ピシピシと土を打つあの子の気配がして、私は強引にめめを連れ帰り部屋に閉じこめた。

それからあとのことは、わからない。私が台所へと立って行った隙の、短い時間の出来事も。二人の間に、何が生じたか。猫によって、足のない、体ばかりが長い幼い子が、深い傷を負わなかったか。猫よりもはるかに恐ろしいニンゲンに見つからなかったか。私はそのあとも蛇の行方を想って胸が痛んだ。安全な地上など、何処にもないのだ。

蛇よ、まだ子どもの蛇よ、遠くへ行けよ。

かたつむりの祝祭

小糠雨の降りつづく日に、私は線路沿いの小道を歩いていた。

そこの土手は、すかんぽやクコ、苗代苺などの草々が生い茂っていて、下の方はコンクリートで平らに土留めされている。濡れて黒々としたそのコンクリ部分にふと目を向けたら、普段通るときに無かったはずの、まるいボタン状のものが無数にこびりついているのに気づいた。それらはかすかに動いているように見え、近づいてみると、コンクリの壁に貼りついた〈ボタン〉は、なんとかたつむりの大集団だった。

いったい何百匹のかたつむりがそこに這いずっていたのだろう。雨の中、呆然として私はその様相を眺めつづけた。

昨日も今日も、雨は止むことを知らないかのようにやわらかく降っている。湿気の好きなかたつむりたちは、上の土手から思わず浮かれて這い出してきてしまったものだろうか。三々五々、それぞれが壁にじっとして休んだり、歌うように歩いていたり、友だちと語り合っていたり、見つめ合ったりして寛ろいでいるようだった。束の間、しごとを忘れて、恵みの雨をたたえ合っているようにも見えた。

これまで目にしたこともない静かで不思議なこの光景は、いったい何だったのだろう。何事もあらだてず、緩やかに穏やかに黙然と生きるかたつむり族の、この、優しくも激しい営みは、と考えていて、私は気づかぬわけにはいかなかった。この日、一年一度の彼らたちの祝祭であったことに。

土手一面に、食べ尽くせないほどの草々が繁茂し（まもなく電動草刈機でいっせいに刈り取られてしまうことなど、つゆ知らず）、天の雨は小止みなく幾日も降りつづいている。彼らにとっての豊穣の雨期を、いったいどのかたつむりが祝わずにいられよう。

＊

私は、虫や小動物が特別好きというわけではないが、土のある古い借家に棲んでいるせいか、庭を往来するとかげやカマキリ、蜂や蛇とも関わらざるを得なくなってくる。

これから夏に向かうと、いくつもの事件やドラマが誕生する。しかしどんなときも、私は彼らと敵対する者にはなりたくないと思う。仲間の一員には見えないとしても、同じ地上の生きもの同士として、互いの領分を認め合えたらいい。

三日ほど前に、私は小さい脚立に乗って繁りすぎた木槿の枝の剪定をしていた。ノコギリで払った枝を花鋏でばらし、束にして縛っているとき、現われ出た地面にみみずが伸びているのを見つけた。

あら、と近づいてよく見ると、それはみみずほどの細さの、生まれたばかりかと思われる蛇の赤ちゃんだった。

背から白い腹部にかけてほの青い美しい蛇で、剪り落とした枝の下敷きになってしまったのか、死んでいるように見えた。

もしかしたら去年の夏、この庭の竹の根元でとぐろを巻いていた一メートルほどもあるあの縞蛇が、この子の親であったのだろうか。そこには見えない親蛇の存在を周囲に感じつつ、赤ちゃん蛇を埋めようと、私は金魚の墓の隣に土を掘った。紫陽花の花を切って、その穴の上に花を置く。

スコップで土ごと蛇を移そうとしたら、はじめに尻尾が顫えるように動き、それから、首のあたりが大きく揺れた。

あ、生きてたの……。

スローモーションのように小さな頭が苦しげに揺らいだとき、私は顛末の一切を察した。ようやくにしてこの世に誕生した幼い蛇の、小さな顎の辺りが、おそらく私のズック靴によって潰されてしまったことに。それは、どう誤魔化しようもなく、私という人間の過ち、仕業でしかなかったろう。幾度となく私は木の枝や葉の上を踏んで歩いたのだ。その下に、いたいけないいのちが在ろうとは、思いやることもできずに庭しごとをしていたのだ。

ごめんね、ごめんね。

ぼろぼろと泪を落とす以外すべのない、大きな図体の自分が哀しかった。

私がここで生き、暮らしていることの無事のはざまで、いくつもの慎ましい生が姿も見せず、形も成さず消滅していっているかもしれない事実を、いつも心のどこかに刻んでいようと思う。見えない赤い血が流れていることを、私自身の傷として感じていたいと思う。

独りこの家で暮らしていても、一人ではないのだ。猫がいる。金魚がいる。それから、庭を横ぎったり、そこに棲んだりしているおびただしい数と種類の生きものがいる。草が生え、花が咲き、樹木は黄金の実を結ぶ。竹は微妙に移ろう風の表情を伝える。私は無数のいのちたちに、私のいのちのまずしさを包んでもらっているのだ。どのように欠け、どのように足りぬ者であろうと、沢山のいのちに深く大きくいたわられているのだ。

永年土の上の粗末な小屋に暮らしてきたが、今ごろようやく、わが身にも染みとおるものを憶える。

名を呼んで

その小さな駅を出て小径沿いに下って行くと、空の彼方のどこかの深みから沸き立つようにひぐらしが鳴いた。高く慄える音色でかなかなかなと鳴き交わし、辺り一帯をやわらかく切なく染め始める。染め出された私たちは「かなかなかなだね」と瞳を見合わせ、視線をそれぞれのあらぬ方へと放ち合った。

微妙に重なり移ろって行くひぐらしの遠い声は、夏の愁いのようなものが余韻となって滲みてくるのだろうか。一人一人の胸にひそんでいた、哀しみや悦びや慈しみを想い出させて樹間を往き交っている。そんな野趣にかがよう道を行けば、花までがちがって咲いているのだ。赤つめくさや夏水仙、桔梗、姫じょおん、きじむしろ。花たちの名を言葉に出して呼びながら歩いて行った。

もういいんだよ、ここでは名を呼んでいいんだよ。ああ、と草にだけわかる声で私は呟く。懼《おそ》れが消え、私の口元から微笑がこぼれた。

目的地まであと少しと思った行手に、蛇が一匹車に轢かれて死んでいた。生きものの、突然の血まみれの死に、私の呼吸が乱れ出す。ふと旧友の電話でのエピソードが蘇った。

「あのね、昨日、蝶々が私の目の前で死んだの……」

ひらりと飛翔して、何故か彼女の足元に落下し、ゆっくりと二枚の白い翅を重ね合わせて動かなくなったのだという。

「千切った紫陽花の葉っぱに蝶々を移してね、今もそれを箪笥の上の木彫仏《ほとけさま》の前に置いてあるの」

そんなこと初めてだった、何か象徴的ね、自分をなだめるような友の声を耳奥に沈ませるとき、私の目からぼろぼろと泪が落ちた。無心の蛇の死も、声ひとつあげない蝶の終焉も、私にはみないとおしかった。

明日になれば消え去った命のことは忘れ去られ、また何事もなかったかのように蝉たちの幼虫は樹を昇りつめて、新しい脱皮を企てるだろう。そしてまた生まれたてのひぐらしは響きの極みで鳴くだろう。
そんな濃い気配で空はいっそう青く澄んでいくのだ。

蜻蛉の身仕舞

手許に昆虫図鑑がないので、真相はわからない。けれど、なぜだか確信的にあれは〈薄羽蜻蛉〉だったと思い込んでいる。

色のない薄いうすい翅だった。この世のものとも思われない、という表現があるが、あのしずけさはまさにそういう止まり方だった。

台所のレースのカーテンの、小さな網目に足を掛けて、息もしたことがないようなひそまり方で、いた。うすばかげろう、と声にしてみると、やっぱりその名前以外にない気がした。

朝起きて台所の窓を明けたとき、目の上に止まっている蜻蛉《とんぼ》に気づく。その生死を確かめるため、ふっと息を吹きかけると、微かに微かに身じろぎをした。網戸のない家は、吹く風まかせという按配で、床に就くまで一日中家の窓をただ開け放っている。鳴く虫の訪れもいいけれど、こんな静かな訪問客はいっそう心に沁みる。透けた翅をひとつにたたみ、そのまん中に長さ三、四センチの黒い紐状のからだをはさむ休み方を見たとき、あまりの簡素な美しさに目を奪われた。

天の羽衣のごとき翅でわが身を覆ってしまう、虫の身仕舞の慎ましさ、潔さ。

夕刻になってふとあの蜻蛉を思い出し、台所へ行くと、夢のつづきというふうにまだそこにいた。蚊取り線香をたいていたので庭に放たねばと、そうっと竹箸につかまらせて裏庭へ移動する。とても手で極上の透きとおった翅を摑む気にはなれなかった。人間の手で傷めたり汚したり、そのつもりでなくとも、かそかないのちは傷ついてしまうだろう。細い箸から竹の葉に移そうとしたら、ピリピリリッと翅が慄えて一度だけ短く上下に飛んだ。

この世の重い空《くう》を、かよわい虫が飛ぶ。ずっとひとつにたたんだ形だった翅は、今、拡がり慄え、暮れ方の淡くなってゆく光をそっと背に凝集して、荘厳に神秘に夏の限りを飛ぶ。

聴こえない歌

「あなたは鳥のコトバが聴こえますか。それとも、草のコトバが」

ある席で誰かが頬を染めて言った。

「金魚のコトバだって、聴こえることがあるんです」

永年、わが庭に棲む彼の聴こえない声を代弁するように、私は言った。目には見えることのない波動が、死に行こうとする逆さの金魚と私との間で、密に往き交う。死の際になって、初めてといってもよい呼応が互いの間に生じた。

腹部が異様に腫れ上がった金魚は、一日の大半を天地が逆になった姿勢のまま、泳がずに静止している。空をよぎる逆さの鳥を追い、逆さの木を見上げた。（逆さのこの世は、すこしだけ美しかったか？）私は傍に行って「おはよう」と短い挨拶を送り、水鉢の縁をトントンと指で叩くと、殆ど閉じているように見える虚ろな瞳をパチンと開けて、私を見る。黒仁丹のようなまるい瞳でしっかりと私を見る。（ああ、逆さの私はいったいどんなだろう）

「あ、金魚、死んだ」

ある朝そう思い、動かない彼を土に埋めてやろうと木槿の下に穴を掘った。白い大きな腹部を突き出し、水面に浮かんだむくろを掬い上げようとしたとき、突如彼は異相の身を激しく翻し、ほてい草の影に隠れたのだ。あ、生きていた、生きてたんだ。私は歓喜の声を上げた。

秋の陽が、病んだ金魚の棲む鉢にも深々と射し込んでくる。その横に坐って覗き込んでいる私と、水鉢のさみしい生き物とを覆うように、ほおっとあたたかい大きなものが拡がっていく。

ふと気づくと、彼は水の静寂の中から浮上して、いっとき私の側に（いわば平常の体勢に）向きを変える。ゆっくりと、金魚に流れる悠久の時間のかけかたで。

「おはよう、金魚。元気だった？」

話しかけると金魚は、あの薄い、まるい口を淡々と、まるでそれが彼の鼓動であるかのように動かし始める。

歌は、聴こえないのだろう。ここで、私が泪をたたえて絶望の歌をうたったとしても。しかし、彼は（金魚になっていた彼は）うたうのだ。すきとおった白い清楚な口を開けて、ある秋の静かな朝に、自らと世界の悲傷を。

●初出一欄

《鈴鳴らすひと》

雪の朝に（夢〻・一　二〇〇〇・四）／木のポスト（夢〻・九　二〇〇二・四）／天の窓（夢〻・一〇　二〇〇二・七）／鈴鳴らすひと（夢〻・五　二〇〇一・四）／赤いランドセル（ふきのとう通信　一九九九・一）／子猫を抱きながら（ふきのとう通信　一九九九・三）／蜘蛛の糸（ふきのとう通信　一九九九・九）／夕空の下で（ふきのとう通信　二〇〇〇・七）／夏の終り（ふきのとう通信　二〇〇〇・九）／父の声（掲載誌不明）／淋しさについて（赤旗日曜版　一九九九・一〇・三）／詩人の誤字（赤旗日曜版　一九九九・一二・一二）／橋のたもとの（赤旗日曜版　二〇〇〇・一・二三）

《ふいにほのかに》

墨一瞬（全国商工新聞　一九九七・八・一一）／じへいという世界（ふきのとう通信　一九九八・七）／遠い崖に（ふきのとう通信　二〇〇一・一一）／まだ見ぬ日々へ（ふきのとう通信　二〇〇〇・一）／ふいにほのかに（ふきのとう通信　一九九九・一一）／コス

モスの道（ふきのとう通信　一九九八・一一）／私の夢殿（仏教の生活　二〇〇〇・三）／地球という星に（向上　二〇〇一・一一）

《孤独な耳》

無から何かが（全国商工新聞　一九九七・一一・三）／放心の一刻（未発表）／孤独な耳（ふきのとう通信　二〇〇二・三）／丸壷のある部屋（ふきのとう通信　一九九九・七）／一本の大徳利に（人間と教育　一九九九　二三号）／世界は無尽蔵（向上　二〇〇一・二）／風を抱く（小さな蕾　掲載年月不明）

《呼びかける声》

声というもの（未発表）／呼びかける声（詩の朗読会〝詩の森の深みへ〟のプログラム二〇〇〇・二・六）／瞼の内側で（ふきのとう通信　一九九九・五）／詩の朗読会にて（赤旗日曜版　一九九九・一一・七）／遠い声（夢〻・三　二〇〇〇・一〇）／花は紅の点々をこぼし（詩の朗読会・四〝星のピアノフォルテ〟のプログラム　二〇〇一・七・七）／白い花（赤旗日曜版　二〇〇〇・二・二七）／愛《かな》しみの声（詩の朗読ライブCD〝風

は日ぐれて逆光写真となっている〟のパンフレット　二〇〇〇・四・一〇）

《外は雨》

秘密の場所（未発表）／外は雨（赤旗日曜版　一九九九・四・四）／天の花々（未発表）／花の風（ふきのとう通信　二〇〇〇・五）／白山吹が咲くと（ふきのとう通信　一九九八・六）／垣根の木槿（未発表）／花なる人（ふきのとう通信　一九九八・一）／水仙の香り（未発表）／丘陵の響き（ふきのとう通信　二〇〇〇・三）

《聴こえない歌》

とかげの瞳（ふきのとう通信　一九九七・一二）／蛇よ、遠くへ行けよ（ふきのとう通信　二〇〇一・七）／かたつむりの祝祭（ふきのとう通信　二〇〇二・七）／名を呼んで（ふきのとう通信　一九九八・九）／蜻蛉の身仕舞（夢〻・七　二〇〇一・一〇）／聴こえない歌（詩の朗読会・三〝だれにもきこえない歌を〟プログラム　二〇〇〇・一一・一二）

あとがき

年の瀬も押し迫ったある朝、ひとなる書房の名古屋研一さんが初めてわが家の玄関に立ち、そっと鈴を鳴らしました。それは、辺りにひびくのを自身で恥らっているようなひそやかな音色でした。それから、やや力のこもった声で「ごめんください」と問いかけるように言いました。

そのとき名古屋さんは、玄関の鈴を鳴らすということの意味を、疑ってはいませんでした。「ご用の方は鈴を鳴らしてください」という貼り紙通りに、鳴らしただけなのでしょう。鈴の紐を振り、その音色を耳にしたとき、彼自身がそこで鳴っていることに、初めて鳴らしてみて気づいたのではなかったでしょうか。私というまずしい者の玄関口に立つことが、軒に吊ったぼろぼろの鉄の鈴を鳴らすことであり、家の中にいてその音色に耳を澄ますものが、鳴っている鈴にひびき出すという、その呼応を大事に思うのです。往き交いのその一瞬に生じてしまう真実が、鈴という切なるものの仮象ではなかったでしょうか。

三年半振りに出すエッセイ集の題を『鈴鳴らすひと』と迷いもなく書きしるし、そのことばの真実の意味を、この擦り切れた畳の早春の部屋でひとり想っています。本文中の同題の文章とは別に、鈴を鳴らすのはほかでもないあなたであり、その向こうにいるもう一人のあなたであり、まだ訪れて来ないひとであり、途方もつかない遠い所にいるひとであり、そしてまた、今ここにいる私であり、過ぎて来てしまった自分であった、ともいえるのではないでしょうか。

いつか私がいなくなるとしても、鈴は鳴るのでしょう。鈴が音を立てるのはごく短い一瞬で、一瞬であるがゆえに永遠へとつながってゆきます。手でうち出された歪つなもろい鈴だとしても、いつだってそれは未生の音色です。幽けく慎ましく、何かを振り切って、鳴ります。鳴る音の内と外で、じっと耳傾け、思いを傾けて〈何か〉を聴いている私たち。遠い道のりを、共に揺れてゆくための、合図であり、心からなる挨拶ではないでしょうか。

大地が揺さぶればひとたまりもない、傷みほおけた仮のわが小屋にこそ、灯《ひ》ほどの乏しい鈴を吊るさねばなりませんでした。私たちは誰も鈴を鳴らし、そして、それを聴くものであるという、この信頼のかけがえなさの内に、すべからくことは興ってゆくのでしょう。

思いがけない展開のように見えた〝ひとなる書房〟との出会いは、実は数年も前から用意されていたのを、私はあの鈴の音に聴きます。駅の改札口で、背伸びするほど見上げた名古屋さんは、その後、赤木三郎さんとの詩の朗読会〈詩の森の深みへ〉にも出かけてくださり、所沢での書の個展にも来場くださって、人間的交流はつづけられていたのでした。そんな名古屋さんの出版社から拙著があらわされていくことに、自然の水の流れのような幸福を思っています。

装幀をお願いした山田道弘さんは、本作りの達人で、ご自身の画は天衣無縫、一度見たら画中の主人公（いたずら坊ややうさぎやかたつむり等々）と共に踊り出したくなる魅力に溢れます。そんな山田さんに、造本をおまかせできるという大きな悦びに、どきどきしながらその完成の日を待っているところです。

この小さな一冊の本を手にするひとの心に、どうか澄明な鈴の音が鳴りひびきますように。そして、どの一人のひとも、自身のうちそとに鈴鳴らすひと、でありますように。

二〇〇三年三月　梅の花の散る窓辺にて。

山本　萠

山本　萠（やまもと　もえぎ）

1948年大阪市生まれ。幼少期より美や文芸への憧れがつよく、時間があれば画を描いていた。18才で大阪を離れ、名古屋、鎌倉と移って、現在は埼玉県所沢市の古い借家に猫二匹と棲む。草花やいきもののこと、暮らしのこと、美についてなどエッセイを書くかたわら、書を個展で発表。現在も詩、画、写真など方法を自在に選択して、生きてゆくことの哀歓を創作しつづけている。

著書に『萠庵春秋』『花と羅漢と』（以上、山梨ふるさと文庫、絶版）、『花の声』『祈り』『風の庵』『花に聴く』『花の世』（以上、リサイクル文化社）、『墨の伝言』（法蔵館）、『千年の恋』（くろうじん出版事務所）、『山本萠　山頭火を書く』（絶版）、『墨の詩抄――わたしの出会った詩人たち』『古い扉の前で』詩の朗読ライブＣＤ（赤木三郎共演）『風は日ぐれて逆光写真となっている』（以上、ふきのとう書房）、『億年の窓』（赤木三郎との共著、書肆夢、）など多数。

カバー・扉クレヨン画／山本　萠
装幀・本文レイアウト／山田　道弘

鈴鳴らすひと

2003年４月21日　初版発行

著者　山本　萠
発行者　名古屋研一

発行所　㈱ひとなる書房

東京都文京区本郷２－17－13
広和レジデンス
ＴＥＬ　03（3811）1372
ＦＡＸ　03（3811）1383
E-mail:hitonaru@alles.or.jp

印刷　株式会社シナノ